風の剣士

剣客相談人16

森詠

時代小説

二見時代小説文庫

目次

第一話　田舎《いなか》からの手紙　7
第二話　合戦　81
第三話　奉納仕合前夜　144
第四話　雪起こしがきこえる　218

風の剣士——剣客相談人16

第一話　田舎《いなか》からの手紙

一

山から強い風が吹いていた。

冬が間近まで迫っていることを告げる風だ。

その風は遥々越後《はるばるえちご》の雪国から那須《なす》の山々の険しい峰を越え、下野《しもつけ》の原野に吹き下ろす。

芒《すすき》の穂は風になびいて波打ち、風はいくつもの渦《うず》を作っては、草原に幾重もの美しい波紋を拡げていく。

茫々とした芒の原は、那須山麓のほぼ中腹まで這い上がり、下方へは那珂川《なかがわ》の河原にまで達している。

その侍《さむらい》は、会津《あいづ》の深い山間《やまあい》に延びる細い裏街道を辿り、風がいつも吹き抜ける茶《ちゃ》臼岳《うすだけ》と旭岳《あさひ》の間の峠を越え、風とともに飄々《ひょうひょう》と現れた。

頭髪は月代《さかやき》をつくらず、無造作に髪をまとめ、頭頂に束ねて、紐で結《ゆ》っただけの髷《まげ》だ。

筒袖羽織に裁着袴《たっつけばかま》。脚には脚絆《きゃはん》を巻き、両足には獣《けもの》の皮でつくった深沓《ふかぐつ》を履いている。

山の斜面のごつごつした岩肌の山道でも、まるで鹿か熊のように身軽に跳び歩く。

腰に一振りの大刀を佩《は》き、人の丈《たけ》よりも長い杖をついている。

名は分からない。

人が名を尋ねても、笑って名乗らず、ただ「草莽《そうもう》の臣《しん》」と答えるのみだった。

侍は、毎年秋深くなったころ、いずこからともなく風とともに来て、雪が舞う冬の終わりに、また風とともにいずこへか去った。

その侍は、いつしか土地の住人たちから風の剣士と呼ばれていた。

駒之助《こまのすけ》が、その侍に出会ったのは、村の悪童たちとともに、遊び半分の兎《うさぎ》狩りをするために、山に入ったときのことだった。

那須の山は、楢《なら》や楓《かえで》、楡《にれ》や櫟《くぬぎ》、ブナや欅《けやき》が紅葉して、まるで錦のごとく、紅や赤、黄や褐色、色とりどりに燃え盛っていた。

駒之助たちは、そうした紅葉した木々の間を走り回り、勢子《せこ》となって大声で囃《はや》し立て、兎やキツネ、タヌキ、キジを追い立てる。

叢林《そうりん》の出口に仕掛けてある、縄で編んだ網《あみ》に獲物を追い込むのだ。縄の網は、子供たちが編んだものなので、網の目が粗《あら》く、小さな獲物はかかりにくい。

それに生き物たちは、なかなかに頭がよくて、敏捷《びんしょう》に逃げ回り、容易には網の罠にかからなかった。

だが、駒之助たちには、獲物を捕ることよりも、そうやって山野を元気に駆け回るのが、なにより楽しかった。山や野原の息吹《いぶき》を軀《からだ》全体で感じ取り、自分も荒々しい獣《けもの》になれるからだ。

その日、駒之助たちが喚声を上げて、芒の原に走り込もうとしたとき、異様な気配を感じて、一斉に足を止めた。

風になびく芒の原に、二人の剣士が向かい合っていた。

一人は大刀を縦に構え、もう一人は長い槍を構えて睨み合っている。

大刀を構えた剣士は、若くて逞しい青年で、対する槍を構えた武士は大柄で、見るからに豪傑然としている。

青年剣士は黒の筒袖羽織、黒の裁着袴。頭髪を無造作に頭頂で束ねて結《むす》んでいる。大男のサムライは、茶の筒袖羽織に、茶の裁着袴の旅姿。頭は惣髪《そうはつ》で月代は剃っておらず、長い髪を後ろにまとめて結っていた。

二人のサムライは、およそ三間《げん》ほど離れ、子供の駒之助たちにもはっきりと分かるほど、猛烈な殺気を放っていた。

駒之助たちは芒の叢《くさむら》の陰に隠れ、固唾《かたず》を呑んで、二人の立ち合いを見ていた。静かだった。

鳥や獣の気配も消えていた。

二人は彫像のように向き合ったまま、微動たりともしなかった。

空《から》っ風が土埃を立てながら、芒の原に吹き寄せたが、二人の立っている場所は、そっと避けて行くかのようだった。

駒之助たちは、どちらのサムライが勝つか、囁《ささや》き合った。

十人の子供のうち、八人が豪傑を、駒之助ともう一人が、風の剣士《サムライ》を選んでいた。

そう、そのとき、誰がいうともなく、みんなの心に、その青年が風のサムライだと分かっていた。

豪傑が先に動いた。
裂帛《れっぱく》の気合いが発せられた。
　豪傑は構えていた槍をしごいたかと思うと、一瞬、槍を引き、目にも止まらぬ素早
　さて、風の剣士に槍の穂先を突き入れた。
　風の剣士がやられた、と駒之助は目を瞑《つむ》った。
　おう、と声が上がり、ついで参ったという声がした。
　目を開くと、風の剣士の刀の切っ先が、豪傑の喉元に突き付けられていた。
　豪傑の槍は、風の剣士の左腕に搦《から》め取られていた。
　豪傑は、さっと後退《あとじさ》りし、その場に平伏した。
畏《おそ》れ入りました。
　豪傑はそういったように駒之助は覚えている。
　風の剣士は、うなずき、槍を豪傑に返した。
　それから、大刀を腰の鞘に納めた。
　風の剣士は踵《きびす》を返し、豪傑に背を向け、立ち去ろうとした。
　その一瞬、豪傑の腕が動き、槍が風の剣士の背に突き刺さったかに見えた。
　風の剣士は体《たい》を躱《かわ》し、くるりと身を半回転させるや、抜き放った大刀が豪傑の躯を

真二つに斬り下げていた。

真っ赤な血潮が、豪傑の軀から噴き上がり、虚空《こくう》に飛び散った。

駒之助は、その血の霧に虹を見た。

ぎゃーっと声を上げて、子供たちは後ろも振り向かず駆け出した。

駒之助は足が竦《すく》み、身動きもできずに、その場に立ち尽くした。

風の剣士は、懐《ふところ》から白い紙を取り出し、大刀を拭った。赤く染まった紙は吹き寄せた風に乗って、ひらひらと蝶々のように舞い、どこかへ飛び去った。

風の剣士は、倒れた豪傑に、しばらく合掌して弔《とむら》った。

弔いの読経の声をきいたように思う。

あるいは、風の唄だったかもしれない。

風の剣士は目を開け、駒之助に目を向けた。

その目は、立ち合いに勝った喜びは微塵《みじん》もなく、哀しみに溢れていた。

風の剣士は、くるりと背を向け、那珂川の河畔に向かって下って行った。

駒之助は、そのとき、呪縛が解けた。倒れた豪傑の血に染まった遺骸を目にし、急に恐ろしくなり、踵を返し、みんなの方角に逃げ出した。

駒之助がまだ六歳のときに見た、忘れられない光景だった。

その立ち合いの数日後、村の悪童たちは、恐ろしさ半分、好奇心半分、豪傑の遺骸を見に、恐る恐る芒の原に出かけた。

ところが、立ち合いがあった場所には、どこを探しても豪傑の遺骸は見つからなかった。

子供の話をきいたおとなたちは、山の古キツネにでも騙されたのだろう、と大笑いするばかりだった。

だが、あれはほんとうにあったことだ。

自分たちは子供だったが、決してあれは夢幻《ゆめまぼろし》ではなかった。

いまでも、駒之助は信じていた。

そして、心に誓ったのだ。自分も、いつか風の剣士のようなサムライになろう、と。

二

長屋の隣家の庭から枝を延ばした柿の木に撓《たわわ》に実った渋柿が、真っ赤に熟して、落ちそうになっていた。

若月丹波守清胤《わかつきたんばのかみきよつぐ》改め大館文史郎《おおだてぶんしろう》は、初秋の空の下、いつものように、井戸端の広場で、木刀の素振り、組太刀の形《かた》の一人稽古を行なっていた。

素振り五百回を行ない、形の稽古に入ったとき、爺《じい》こと左衛門《さえもん》が、「殿」と声をかけた。

振り向くと左衛門が神妙な顔で書状を捧げ持っていた。

「爺、いかがいたした？」

「在所の如月《きさらぎ》様からの早飛脚《はやびきゃく》でござる」

如月からの早飛脚ときいて、文史郎の心が陰《かげ》った。

もしや、如月か娘弥生《やよい》の身に何かあったのだろうか？

誰か身内の者が亡くなったとでもいうのか？

それとも、重大なことが起こったとでもいうのか？

早飛脚とは、尋常なことではない。

普段の手紙は、在所と江戸屋敷の間を行き来する使いの者に託され、長屋に届く。

それとて、最近はこの半年あまり、如月からの便りはなく、こちらも忙しさにかまけて、つい便りを出すのを怠っている。

便りがないのが何よりのよい知らせと思っていた。

爺の左衛門も、文史郎と同じような危惧《きぐ》を抱いていた様子だった。

文史郎は木刀を左衛門に手渡し、手拭いで汗を拭うのも忘れて、書状の包みを開けた。中の巻紙を取り出した。

巻紙をさらりと開き、手紙の文面にさっと目を通した。

「殿、いかがでござる？」

「待て」

文史郎は最後まで流し読みし、顔を上げた。

「いかに？」

「よかった。なんでもない」

文史郎はほっとした。文面のどこにも、誰かが亡くなったとか、病気で倒れたという記述はなかった。

「さようでございますか。それは、ようございました」

左衛門もほっと安堵の表情になった。

文史郎は、あらためて如月の手紙を読みはじめた。

巻紙には如月の優しい筆致《ひっち》で、文史郎の健康を気遣い、いまもあなた様を御慕い申し上げております、と記されてあった。

文史郎は思わず如月愛《いと》しさのあまり、居ても立ってもいられない気持ちになった。

左衛門は、文史郎の気持ちを察したのか、静かに長屋の方に戻って行った。

手紙には、娘弥生に物心がつき、うちには、なぜ、お父様がいないのか、とぐずるようになったとあった。

ほかの子供には、皆、お父様がいるというのに、どうして、弥生にはお父様がいないのか、江戸におられるお父様にお会いしたい、と泣くのだという。

文史郎は胸がじんわりと疼《うず》いた。

在所の下野国の那須川《なすがわ》藩領の那須山麓を思い浮かべた。

那珂川河畔の肥沃な扇状地を藩領とした那須川藩は一万八千石の小藩ではあるが、当主の若月家は城持ち大名だった。

文史郎は、信州松平《しんしゅうまつだいら》家から若月家の一人娘萩《はぎ》の方《かた》の婿養子《むこようし》として迎えられ、第十六代藩主若月丹波守清胤となった。

若月家のご先祖様は、関ヶ原の戦いでいち早く東軍側について戦ったことが、家康《いえやす》から認められ、外様《とざま》ではあったが、譜代《ふだい》として扱われて来た由緒ある家柄だ。

その背景には、若月家がその後、家康の側室の娘桜姫《さくらひめ》を正室として迎え入れたことがあり、徳川家の遠い縁戚にあたっていたこともあろう。

清胤こと文史郎は、当時二十六歳、若さもあって、固陋《ころう》な保守派の反対を押し切って、大胆な藩政改革につぐ改革を行なった。そのため、圧政に苦しんでいた農民百姓は負担が楽になって喜んだものの、藩の大勢を占める保守派や体制派の反発を招いた。

そのため、保守派とつるんだ奥の萩の方には背《そむ》かれ、腹心の家老たちにも裏切られて、ついには気の病を理由に、無理矢理若隠居をさせられてしまった。

あまりに革新的な改革をやりすぎたことだけでなく、奥の萩の方との間に、お世継ぎをつくることができずにいたうえ、城に奥女中として上がっていた郷士《ごうし》の娘如月に手を付け、あまつさえ身籠《みご》もらせた。それが、萩の方の逆鱗《げきりん》に触れたのだった。

いや、もう一人側女《そばめ》の由美《ゆみ》にも手を付け、由美との間には、男の子武之臣《たけのしん》が出来た。

由美の懐妊を知った萩の方は、子供が生まれる前に、由美を城払いにしている。

若気の至りといえば、その通りだった。

萩の方は、文史郎を引退させるとともに、如月もお城下がりにした。

若月家の家督は、他家から新しく養子に迎えた清泰《きよやす》に譲らされた。清泰は元服したばかりの十四歳。

十四歳の少年は、古狸《ふるだぬき》の家老や悪知恵に長《た》けた重臣たちにとっては扱いやすい、願ったり叶ったりのバカ殿というわけである。

若隠居させられた清胤こと文史郎は、三十二歳の男盛りだ。

如月は、実家の庄屋で娘の弥生を産み落とした。もし、如月の産んだ子が、男子であったら、今度こそ嫡子となるので、また一騒動になったことだろう。ともあれ、奥や家老たちによって、文史郎の身柄は江戸の下屋敷に送られ、隠居部屋に軟禁されることになった。

下屋敷を左衛門とともになんとか抜け出し、いまの長屋に住み着いた。

在所を追われたのは、いまから六年前になる。以来、一度だけ在所に内密に戻ったことはあるが、如月との逢瀬《おうせ》はほんの少ししかなかった。娘弥生も幼子で自分のことなど覚えてはいまい。

『……いま一つの心配事は、私と年が離れた末弟の駒之助のことにございます』

文史郎は心に如月の弟駒之助の姿を思い描こうとした。

如月を見初《みそ》めたとき、如月は十七歳だった。初々《ういうい》しい娘だった。

その如月にまとわりついていた男の子がいたのを思い出した。

野山を駆け巡っている野生児で、真っ黒に日焼けした男の子だった。

目がぱっちりとしていて、黒目がちで、母親や如月に面立《おもだ》ちがよく似ていたように思った。

あの子が駒之助ではなかったか。

手紙には、その駒之助が十四歳になったとあった。すると、あのころ、駒之助は七、八歳ぐらいだったということか。

『駒之助が、どういうわけか、稼業の農家を継がず、サムライになりたい、と申しておるのです。風の剣士《サムライ》に弟子入りし、剣の腕を磨いて剣客になり、天下に名を轟かせたいといってきかないのです』

文史郎は微笑んだ。

おもしろい男の子だ。大望を抱いている。

いいじゃないか。男の子は、そのくらい大きな夢を持っていなければ大物にはなれない。

しかし、風の剣士とは、何者なのだ？

文史郎は訝《いぶか》りながら、読み進んだ。

『父も母も、駒之助の扱いに困っています。駒之助は、確かに町道場では中級者の中で一、二を争う腕前らしいですが、まだ十四歳の子供です。元服もしていない若造です。弟子入りしたい、という風の剣士も、こちらに伝わる伝説の武士で、ほんとうにおられるのかどうか、それに居たとしても、どのような素性の武士か分からない幻のようなお方なのです。……』

文史郎は顎《あご》を撫でた。

幻の武士か。

自分も信州の田舎に育ったので、子供の気持ちは分からないでもない。子供のころ、険しい山に籠《こ》もり、仙人のような修行をしている修験者《しゅげんしゃ》に憧れたことがある。

野山を獣のように自在に飛び回り、山岳剣法を駆使する武術家は、強くなりたいと思う男の子の憧れだ。

『先日、父に叱られた駒之助は、とうとう家出をしました。山に籠もり、一人剣の修行をしているというので、父は心当たりの山を探して回って、ようやく駒之助を見付けて、連れ帰りました。でも、また駒之助は出奔《しゅっぽん》することでしょう。秋、決まって、その風の剣士が現れるといわれているからです。きっと駒之助は、その風の剣士を、どこかで待ち受け、弟子入りをしようと考えているのです』

文史郎は頭を振った。男の子だ。一度、心に決めたことはきっとやるだろう。

『……文史郎様にお願いがあります。ぜひ、那須にお戻りいただけないでしょうか。そして、駒之助に、ほんとうの剣客とは何かを剣客相談人の文史郎様から教えてやっていただきたいのです。そして、駒之助にサムライになる夢をあきらめるように説得し、家業の農家を継いでもらいたいのです。……』

文史郎は唸った。

剣客とは何か、か。駒之助にサムライの道をあきらめさせ、郷士の父親の跡を継げと説得しろ、というのか。

『……というのは口実です。ほんとうは文史郎様に、在所にお戻りいただきたいのです。弥生の父親として、私のためにも那須でいっしょに暮らしていただきたいのです。私も弥生も、文史郎様が一刻も早くお帰りになることを首を長くしてお待ちしています。……』

最後、手紙の末尾に、きさらぎ、と平仮名で記してあった。

文史郎はしばらく、手紙を巻き戻さず、頭を垂れ、目を瞑って如月を思った。

帰るべきか、帰らざるべきか。

文史郎は手紙を巻き戻し、封書に入れた。

如月を思うと胸が痛んだ。

娘弥生を産ませたのに、亭主の己は、母娘をほったらかしにして、江戸でお気楽な相談人をしている。

心から申し訳ない、と如月に思う。

文史郎は決心した。

帰ろう。剣客相談人を辞めて、在所に戻り、如月と暮らそう。父なし子になっている弥生に詫び、父親としての務めを果たそう。

そして、駒之助にサムライではなく、郷士の父親の跡を継ぐように説得しよう。

三

あたりの山の樹林は、赤、紅、黄茶、茶褐色などなど、木々の種類さまざまに、独特の色合で紅葉していた。

文史郎は馬上に揺られながら、新鮮な山の空気を胸いっぱいに吸い込んだ。

木々の葉の熟れた匂いに混じり、微かに堆肥《たいひ》の臭いもする。田舎《いなか》の匂いだ。

文史郎が、左衛門や弥生、口入れ屋の権兵衛《ごんべえ》たちの猛反対を押し切って、江戸の地を出立したのは、二日前のことだった。

弥生といっても、我が娘の弥生ではない。たまたま同名の女子《おなご》で、父親の跡を継ぎ、健気《けなげ》にも女の身ながら、町道場の大瀧《おおたき》道場の道場主になった美しい女剣士である。

文史郎が在所の那須に戻り、城下町ででも小さな町道場を作り、如月や娘弥生と暮らしたいと事情を話したら、大門甚兵衛《だいもんじんべえ》以外は、みな猛反対だったのだ。

爺左衛門の反対は、仮にも藩主だった文史郎が在所の那須に戻るだけでも、文史郎を追い出した保守派の家老や重臣が警戒するというのに、城下町で町道場を開き、若者たちを集めて剣術を教えるなどとはもってのほか。

すわ藩内の不満分子を糾合《きゅうごう》して、保守派の家老や重臣たちに反旗を翻《ひるがえ》すのか、と思われるだけ。新たな御家騒動の火種になりかねない、というのだった。

奥方である萩の方は府内におられるにせよ、在所にご隠居の文史郎が戻り、城から下がらせた側女の如月と所帯を持つなど、お許しにならないだろう。

きっと、さまざまな嫌がらせを受けるに決まっている。そうなったら、これまで、ひっそりと安穏にお暮らしだった如月様や姫の弥生様も、いままでのような暮らしができなくなり、きっと不幸せになる。

家老たちも黙ってはいない。きっと腕が立つ刺客《しかく》を何人も送り込み、殿を暗殺しようとするだろう。そのような危険なスズメバチの巣の中に、こちらからわざわざ入って行くのは、あまりに無謀過ぎる、というのだった。

いわれてみれば、いや、いわれなくても、その通りだった。

だが、城下町で町道場を開くのはあきらめるとして、如月や弥生と三人で山に籠もり、ひっそりと暮らす方法もある。

わざわざ在所に戻り、波風を立てるつもりはない。たまに田舎で、温泉にでも浸かって、のんびりと暮らすのもいいではないか。なんなら、爺も、われら三人と暮らさないか、と誘った。まずは、短期間でもいい、と。

如月と暮らしたい、娘の弥生と過ごす時間を作りたい。

なにより、如月の頼みである義弟の駒之助の剣客志望を思いとどまらせたい。

だから、田舎へ戻りたい。文史郎は左衛門に綿々と訴えた。

左衛門は、渋々だが、短期間のことなら、在所に戻り、傅役《もりやく》として、いっしょに暮らしを続けるという条件付きで納得してくれた。

文史郎としては、短期間ではなく、そのまま田舎で如月と暮らすつもりだったが、そのことはあえて黙っていた。いえば爺に反対され、話は元に戻ってしまう。

道場主の弥生の場合は、爺よりも、別の意味で、はるかに厄介《やっかい》だった。

文史郎は、自惚《うぬぼ》れるわけではないが、弥生に慕われているのが分かっていた。

正直いって、もし、如月や娘の弥生が居なかったら、文史郎は弥生を女として受け入れ、情を交わしていたかもしれない。

弥生を口説《くど》き、江戸の妻にと思ったこともないことはない。だが、文史郎の男としての矜持《きょうじ》が許さなかった。

弥生は、如月に劣らず、美しく、健気《けなげ》で楚々とした、いい娘だった。剣の腕も立ち、男勝りではあったが、それは見かけだけで、ほんとうは性根の優しい娘だった。

弥生と如月は、ほぼ同じ年ごろである。まだ若い。周囲には、弥生に思いを寄せる男どもがわんさといる。その中には、師範代の武田広之進《たけだひろのしん》のように、文史郎から見て、弥生にふさわしい男もいる。

弥生には、女として、幸せになってほしいとも思っている。

弥生が文史郎に思いを寄せている限り、自惚れかもしれないが、ほかの男に目が行かないのではないか、という恐れもある。

だから、できるだけ、弥生とは距離を置いて来た。

それが、かえって弥生の思いを深めてしまったのかもしれない。

文史郎は、己が田舎へ帰り、二度と江戸へ戻らない、となれば、弥生も文史郎をあきらめ、ほかの男と結ばれるかもしれないと思った。

正直、そうなると寂しい気持ちがないでもないが、弥生の幸せを願えば、自分が身を引くのが最もいい。

文史郎は道場で弥生と思い切り稽古をした。稽古の組み太刀で、文史郎は何度も弥生に打ち込まれ、したたかに打たれた。

痛みが快かった。

手を抜いたわけではなく、弥生は以前に比べ、格段に強くなっていた。

稽古を終えたあと、文史郎は弥生を見所《けんぞ》に呼んだ。静かに話しかけた。

弥生は文史郎が在所に帰り、如月といっしょに暮らすことにした、と告げると、一瞬顔を曇らせた。

「そうでございますか。どうぞ、お幸せに」

と言い残し、さっと身を翻して道場から出て行った。

師範代の武田広之進が稽古を中断し、文史郎のところに、何ごとがあったのか、ときいてきたが、文史郎は、しばらく弥生を一人にしてやったらいい、とだけいった。

武田広之進は心配げだったが、事情を察したらしく、堪《こら》えて門弟との稽古に戻った。

それ以来、弥生は文史郎と口をきいていない。顔も見合わせず、そっぽを向いていた。

文史郎が江戸を発つときも、弥生は長屋に顔を見せなかった。

仕方がない。これが今生《こんじょう》の別れだ、と文史郎は心の中で弥生に謝り、どうか幸せになりますようにと神に祈った。

文史郎は愛馬シロの馬上で溜め息をついた。

弥生との別れは辛い。正直、生木《なまき》を裂かれるように心が痛む。だが、ここが男として、堪えどころだと思った。

別れは、甘い哀しみ。

男は、何度も別れを踏み越え、真のおとなになっていく。

「……行こか戻ろか、戻ろか行こか。渡るに渡れぬ思案橋……」

大門は、どこで習ったのか、鼻歌で粋《いき》な小唄《こうた》を唸《うな》っていた。大門の鼻歌が、文史郎の瞑想に割り込んで来る。

「爺、あの大門の鼻歌、なんとかならんかのう」

文史郎は芦毛《あしげ》の馬シロの轡《くつわ》を取っている左衛門にいった。

「殿、おあきらめください。大門殿は、忘我の境地に入っていますぞ」

文史郎を乗せた馬と左衛門、大門の三人は、峠の山道をゆっくりと歩んでいた。

馬の後ろを、髯の大門が杖を肩に担いで、のんびりと歩いている。

三人とも、冬支度の旅姿だった。

目指すは坂東《ばんどう》平野の北の外《はず》れ、那須の地だ。

遠くに、すでに頂に雪を被った懐かしい那須山の連なりが望める。

あの麓《ふもと》には、如月と娘の弥生が文史郎を待っている。それを思うと、文史郎は心がほっこりと温かくなるのだった。

見上げれば、天空高く鱗雲《うろこぐも》が広がっている。

静かだった。鳶《とび》の飛ぶ姿もない。

「殿、弥生様はさぞ大きくなられたでしょうな」

左衛門が馬上の文史郎に話しかけた。

「そうだのう」

文史郎は馬の背に揺られながら、娘の弥生の面影を探した。だが、いくら思い出そうとしても、弥生の面影が脳裏に浮かばなかった。

代わりに大瀧道場の弥生の美しい顔が目に浮かび、慌てて振り払った。

大門は、文史郎が在所に戻るという話に、いいともいわず、かといって反対もしなかった。

ただ、文史郎と左衛門がいっしょに在所に帰ることに決めたといったら、自分も御供する、とだけいった。文史郎たちの田舎が見たい、というのが大門の気持ちだった。

口入れ屋の権兵衛は、真っ向から反対した。

「折角《せっかく》、剣客相談人として、世間に認められ、世の為《ため》、人の為になっているのに、それを辞めて、在所に戻るなんて勿体《もったい》ない。商売にも差し支える」

権兵衛は、お金に困ってのことなら、いくらでも用立てるといってきかなかった。

だが、文史郎が本気だと分かったら、なお、抵抗して、こういった。

「では、息抜きということで、田舎の愛妻と娘さんのところにお戻りになり、一冬越えたら、江戸にお戻りになってくださいませ。相談人の口と、安兵衛店《やすべえだな》の長屋は、私が押さえておきましょう。安心して、在所の生活を楽しんでこられればいい」

権兵衛はそういうと、懐から金子《きんす》の包みを出した。旅の餞別《せんべつ》だった。

ちょうど路銀をどうするか、左衛門と悩んでいたので、権兵衛の志はありがたかった。

かくして、文史郎は左衛門と大門を従えて出立したのだが……。

「……ここはお江戸の思案橋。いつか廓《くるわ》の灯も遠く。ほんのり酔うた膝枕……」

文史郎は溜め息をつき、左衛門にいった。

「爺、大門は、それがしを揶揄《やゆ》して、あんな小唄を唄っておるのかのう？」

左衛門は大門を振り返った。

「いや、違うと思いますよ。大門殿は、最近小唄の師匠に通いつめていた。きっと師匠の芸者に入れ揚げていたんでしょう。それを思って唸っているのだと思います」

大門は首を振り振り、声色《こわいろ》まで使って唸っている。

「……あなたとならば、どこまでも。行けば地獄も極楽に……」

峠に上りつめた。

国境《くにざかい》の関があった。

関を越えれば、いよいよ、那須川藩領である。

門番たちが、杖を立て、文史郎たち一行に目を向けている。

先を行く旅人たちは、門番や役人に、ぺこぺこと頭を下げている。

左衛門は、こほんと咳《せき》をして、大門を諌《いさ》めた。

「殿、若隠居されたといえども、元藩主でございますぞ。威風堂々と参りましょうぞ」

左衛門は胸を張って歩き出した。

馬上の文史郎も、背筋を伸ばした。

大門も鼻歌をやめ、大股で歩き出した。

「開門、開門。元那須川藩主若月丹波守清胤様、御帰還でござるぞ。見参《けんざん》見参」

左衛門は大声で怒鳴った。

門番たちは、左衛門の声に飛び上がり、中に駆け込んだ。

上役の武士たちがあたふたと門の前に現れ、文史郎を一目見るや、その場に平伏した。

「お帰りなさいませ」

「うむ。出迎え、大儀《たいぎ》大儀」

文史郎たち一行は、堂々と門の中に入って行った。関所の役人たちは、右往左往し、文史郎たちを出迎えていた。

文史郎のお国入りについては、事前に知らせてない。それだけに、役人たちの慌てぶりはなかった。

すぐに城代に早馬を出そうとした関所の役人に、文史郎は、故あってのお忍びでのお国入りだ、城代には通告無用だ、無断で通告した者は厳罰に処する、と厳命した。

元藩主の命令に、関所の役人たちは震え上がった。

四

如月たちが住む那須の高久《たかく》村は、那珂川の上流域にある。

那須川藩の城を巡る那珂川沿いの道を、那須連山をめざして上流に遡《さかのぼ》れば、河の両岸は長年の間に流れに浸蝕された崖になる。

その崖の上の道をさらに一里ほど遡ると黒磯村《くろいそ》の集落に至る。

黒磯村を過ぎて川を渡り、右岸の崖を登ってなおも半里ほど北上すると、雄大な那須連山の麓に広がる原生林になる。

その原生林を切り拓いて開墾した田畑が見え、十数軒の農家の集落が見える。如月が住む高久村だ。

高久村は錦色に紅葉した原生林に囲まれ、静まり返っていた。

太陽はやや西に傾いており、背後の那須連山は夕陽に茜《あかね》色に染まっている。

村には、夕餉の煙が棚引いていた。

子供たちが近くの野原で鬼ごっこをしているのが見えた。

「おう、着きましたか。これは、のんびりして、いいところだなあ」

初めて訪れる大門は感嘆の声を上げた。

文史郎は馬を下り、田圃《たんぼ》の中の一本道を歩き出した。刈り入れが終わった田圃には、一面に稲の切り株が拡がっていた。

正面の一番大きな農家が、如月のいる庄屋だった。

文史郎の足取りは自然に速くなった。左衛門が馬の轡を引きながら文史郎を追う。

やや遅れて大門があたりを見回し、景色を堪能しながら歩いて来る。

庭には放し飼いされた鶏たちが、餌をついばんでいた。鶏たちは、文史郎たちに驚き、四方に羽撃《はばた》いて逃げた。

母屋の出入口に、女の子が立って、顔を出していた。

「弥生！」

文史郎は思わず、声をかけた。

女の子は尻込みして家の中に引っ込んだ。

やがて、手拭いを姉さん被りにした女が顔を出した。

如月だった。如月の顔が一瞬ひまわりのように綻《ほころ》んだ。

「お殿様」

如月は頭に被っていた手拭いをひったくるように取った。

急いで両手で髪を整えた。襟元を直し、着物の裾を揃えた。

如月の目が潤んでいた。慌てて手拭いで顔を覆った。そのまま、如月はおいおいと声を上げて泣いた。

「かかさま」

如月の着物の袖を掴んだ弥生が心配そうに如月の顔を見上げた。

「如月、還《かえ》ったぞ」

文史郎は静かにいい、如月に近付いた。

「……お帰りなさいませ。あなた」

如月は文史郎の胸にぶつかるようにして顔を伏せた。

「………」

文史郎は何もいわず、如月の震える肩を抱いた。

「かかさま」

如月ははっとして足許に立つ弥生に屈み込んだ。手拭いで涙を拭きながら、泣き笑いの顔でいった。

「弥生、お父様がお帰りになったのよ」

「………」

弥生はくりくりした目で、じっと文史郎を睨んだ。

母様をいじめたら、許さないという意志を感じた。

「弥生、ただいま」

文史郎はしゃがみ込み、弥生に手を伸ばした。弥生は如月の軀の陰に隠れ、文史郎が抱き締めようとするのを拒んだ。

「おう、可愛い子だな。いい子いい子」

あとから大門が黒髯の顔を崩して笑いながら、弥生に近寄った。弥生はびっくりしたような顔で大門を見上げたが、恐れもせず、逃げなかった。

「大門殿、脅かしてはいかんでござる」

左衛門が大門を止めようとした。

大門は弥生をつかまえた。

「おう、いい子だ。ほんとに、お母さんに似て別嬪《べっぴん》さんだな」

大門は弥生を軽々と抱き上げた。

如月が驚いて、大門を見た。

「それがし、大門甚兵衛。殿のお守り役にござる」

大門甚兵衛は自己紹介した。

「お久しぶりでござる」

左衛門が如月に頭を下げた。如月は笑顔を取り戻して、左衛門を迎えた。

「これはこれは、左衛門様、ようこそお越しいただきました」

戸口から母親と祖母が顔を出した。二人ともどこか如月に面立ちがよく似ていた。

「あんれま、お殿様でねえかい。うんだら、ちっと待ってくんねえか」

「まあ、おばあちゃん。お殿様です。よくぞ、お江戸からお帰りになられた」

老婆と母親は満面の笑顔で文史郎たちを迎えた。

「爺さま、お殿様がお帰りになられたよう」

老婆は家の中に声をかけた。

「おーい」と返事があった。

老人が一人、戸口からのっそりと顔を出した。

「いったい、何の騒ぎだべ？」

「御祖父殿、文史郎、ただいま帰りました」

文史郎は義祖父次兵衛《じへえ》に頭を下げた。

「あんれま」

義祖父は口をあんぐりと開けたまま、立ち尽くした。

弥生が大門甚兵衛の頬の黒髯をいじりながら、頬摺《ほおず》りしていた。

「うちの熊さん」

大門は満更でもない顔で笑っていた。

五

文史郎たちはゆっくりと風呂に入って旅の汗と疲れを流した。

その後、如月や母親都与《とよ》、祖母マツたちの心の込もった手料理の夕餉に舌鼓《したつづみ》を打った。

文史郎は如月との久しぶりの水入らずの時を楽しんだ。

だが、困ったことに弥生は文史郎にまったく寄り付かなかった。

弥生は、左衛門と大門にはすっかり慣れて、二人には抱っこ抱っことせがんだ。左衛門も大門もうれしそうに弥生の相手をしていた。

だが、なぜか、弥生は文史郎には寄って来ない。

文史郎ははじめ、弥生も照れているのだろう、と気にせずにいたが、左衛門や大門と親しげに遊ぶ弥生を見て、だんだん気が沈んだ。

如月はにこにこ笑いながら、弥生に、さあお父様のところにも行ってあげなさいというのだが、弥生はちらりと文史郎を見るだけで顔を背け、寄り付かなかった。

如月は、大丈夫、そのうち弥生は文史郎にも気を許し、お父様お父様と甘えに寄って行きますよ、と慰めてくれるのだが、文史郎には気休めにしかきこえなかった。

長年、在所の那須に帰らなかった罰《ばち》だと、自分自身に言い聞かせるしかなかった。

夕方、日が落ちたころに那珂川の普請工事の仕事から如月の父親、小室作兵衛《こむろさくべえ》が村人たちといっしょに帰って来た。

収穫が終わった秋から春の田植えが始まるまでの農閑期には、那珂川の灌漑工事が行なわれる。そのために高久村の人々は普請工事の賦役《ふえき》に駆り出される。

庄屋の小室作兵衛は高久村の村長でもあるので、工事責任者として普請工事に出て、藩の普請役といっしょに工事の指揮を執っていた。

小室作兵衛は文史郎よりも年上ではあるが、まだ四十代半ばの壮年だった。

小室家は代々が郷士だが、三代前の曾祖父長兵衛《ちょうべえ》は、那須川藩の普請組の頭をしていたこともある。祖父の次兵衛は再び城勤めを辞し、高久村の郷士に戻った。

母親都与は、元奥女中だったが、縁あって次兵衛の息子作兵衛に嫁入りし、如月が生まれたのだった。

如月は長女で、その下に次女睦月《むつき》、さらに長男の駒之助がいる。次女の睦月は、黒磯村の郷士の若者に嫁入りしたという。

弥生を寝せ付けたあと、文史郎たちは、作兵衛都与夫婦、祖父の次兵衛、如月と囲《い》炉裏端《ろりばた》で酒を酌み交わし寛《くつろ》いでいた。

小室家の母屋は曲がり屋で、中に広い厩《うまや》があり、道中乗ってきたシロも、その厩に入れられ、飼い葉《は》を食んでいる。

文史郎は濁り酒を飲んだこともあり、久しぶりにのんびりすることができた。

左衛門も大門も囲炉裏端に胡坐《あぐら》をかき、濁り酒の杯をくいくい呷《あお》っていた。

あたりの樹林がすっかり闇に包まれるころになって、稽古着の上に筒袖羽織を着込んだ駒之助が家に帰って来た。

「父上、ただいま帰りました」

駒之助は、文史郎や左衛門、大門の姿に驚いて立ち尽くした。

「駒之助、お殿様が御供の方々といっしょに、国許にお帰りになられたのだ。ご挨拶せぬか」

駒之助はむすっとした顔で文史郎たちに頭を下げた。

文史郎は作兵衛にいった。

「作兵衛殿、それがし、とうの昔に藩主ではない。いまは義理の息子でござる。どうか文史郎と呼び捨てにしていただきたい」

「とんでもない。畏れ多い。お殿様を呼び捨てにするなど、そのような無礼な真似はできませぬ」

作兵衛は恐縮して辞退した。

「弱ったな。如月、義父との間、なんとか取り成してくれぬか」

「お父様、文史郎様は、いまは藩主でなく、若くして引退なさった御隠居様です。何も格式張ることはありません。ただの文史郎様でいいではないですか。私は文史郎様と御呼びします。いいですよね」

「うむ。もちろんだ」

大門が酔った声でいった。

「そうでござるぞ。作兵衛殿、殿は気さくなお方。呼び方など、まったく気になさらぬ。のう、殿？」

左衛門も赤ら顔でいった。

「我々は、これまで、ずっと殿と呼んで来ましたので、どうしても文史郎様とは御呼びしにくい。もし、作兵衛殿が文史郎様と呼ぶのがむつかしいようでしたら、殿のままでもいいのでは？　そうですな、殿？」

「仕方ないな。好きなようにいたせ」

「では、これまで通り、殿と呼ばせていただきます」

作兵衛はうなずいた。母親の都与が駒之助に声をかけた。

「駒之助、外は寒かったでしょう。お風呂を沸かしてあります。先にお風呂にお入りなさい。お食事を用意しておきますから」

駒之助はむすっとしたまま、何もいわず、風呂場の方に姿を消した。

作兵衛は文史郎にぼやいた。

「生意気盛りで、親を親とも思わない。困ったものです」

「若いうちは、誰でもそうだ」祖父の次兵衛は苦笑した。

「殿、どうか、駒之助の性根を叩き直してください。皆様も、よろしくお願いします」

作兵衛は文史郎や左衛門、大門に頭を下げた。

文史郎は作兵衛や左衛門、大門と夜が更けるまで酒を飲み交わした。

夜はしんしんと更け、風が出て来た。梢《こずえ》を揺する音がきこえた。

六

朝の目覚めは清々《すがすが》しかった。

文史郎は、如月が雨戸を開ける気配に目を覚ました。障子戸に朝日があたり、部屋を明るくする。

「文史郎様、まだ床《とこ》でお休みになっていてください。外は寒うございます」

如月の明るく弾んだ声が響いた。

「うむ」

「朝餉をご用意いたします。母屋で召し上がってください」

如月はいい、納屋《なや》から出て行く気配がした。

文史郎は幸せな気分だった。

昨夜来の風はやんでいた。

部屋の中にいても、空気は凜《りん》として肌寒かった。

蒲団の中はぬくぬくとして温かく、離れがたい。

隣に敷いた如月の蒲団は、きちんと折り畳まれ、弥生の寝姿もなかった。

母屋の方から弥生の騒ぐ声がきこえる。

文史郎は仰向けに寝たまま、屋根裏の太い梁《はり》を見上げた。梁や柱は長年囲炉裏の煙で燻《いぶ》されて、黒々と光沢を帯びている。

久しぶりに抱いた如月の軀は、初々《ういうい》しく、熱かった。如月は何度も絶頂に達し、文史郎に縋り付いた。

作兵衛は文史郎如月夫婦と娘弥生のために、別棟の納屋を用意してくれた。普段は衣類や調度の品を納めている部屋だった。

左衛門と大門にも、隣家の納屋が用意されていた。

庭から鶏の啼く声がきこえた。小鳥たちの声も喧《やかま》しいほどだった。

どこからか気迫の籠《こ》もった気合いがきこえた。誰かが素振りをしている気配だった。

文史郎はむっくりと起き上がり、浴衣姿のまま、障子戸を開けた。

朝のまだ硬い光が部屋に差し込んで来る。

廊下に立ち、左手の木立に目をやった。

朝日を全身に受けて、駒之助が太い木刀の素振りをしていた。

木刀が小気味よく風を切る音が響いている。

駒之助は齢《よわい》十四ときいた。

まだ体付きには稚《おさな》さがないこともないが、同じ年ごろの少年にしては、体軀もしっかりしており、腕や肩に筋肉が付いている。

立ち木に向かって打ち込む姿も、鋭い気迫があった。素振りにも切れがある。

素振りは剣の基本だ。素振り千回。毎日、それをくりかえせば、嫌でも、肩や腕、胸に筋肉が付き、足や腰がしっかりする。全身の動きも敏捷になる。

駒之助の動きは、熟達した者のそれだった。

いいではないか。素振りを見るかぎり、筋がいい。

「おお、やってるやってる。感心感心」

隣家の納屋から出て来た大門の誉めそやす声が響いた。左衛門もいっしょだった。

駒之助は素振りを止めた。大門と左衛門にぷいっと背を向けると、木刀を肩に母屋の方に駆け去った。

「大門殿、子供だと思ってからかってはいかんですぞ」

「悪い悪い。からかったつもりはない。感心したから誉めたまで。他意はない」

大門は頭を掻いた。

左衛門は文史郎が廊下に立っているのに気付いていった。

「殿、お目覚めでござったか。お早うございます」「お早うござった」

大門も慌てて挨拶した。

「お早う」

文史郎は挨拶を返した。

母屋に入るときにちらりと見せた駒之助の顔が気になっていた。口をへの字に結び、文史郎を憎々しげに睨んで消えた。

庭には、早朝から大勢の村人たちが集まっていた。灌漑工事の普請に出る村の衆だった。

やがて、母屋から作兵衛が現れた。

ちょうど作兵衛が家を出るところだった。作兵衛は大勢の村の衆とともに、那珂川の普請工事の現場に出かけるのだ。

那珂川に堰《せき》を造り、田圃への水路に水を引く。村を挙げての灌漑工事である。

文史郎は朝食前に一稽古しようと、左衛門、大門を誘い、裏の林に入った。

那須連山が朝の鮮烈な光を浴びて、紅葉の葉を染め、茜色に輝いていた。

森の中は静謐《せいひつ》だった。

三人は稲荷の社《やしろ》の境内を見付け、そこでそれぞれに木刀の素振りを始めた。

はじめは軀の筋肉を解《ほぐ》すために、ゆっくりと丁寧に足を運び、木刀を振り下ろす。

次第に足の運びも滑らかになり、木刀の唸りも鋭さを増す。軀が温まり、動きも容易になる。

ふと、どこからか、鋭い視線を感じたが、文史郎は無視して素振りをくりかえした。視線には敵意はなく、好奇心を感じたからだ。

素振りを終え、一息入れたとき、視線の元にさりげなく目をやった。

駒之助が慌てて藪《やぶ》に隠れるのが見えた。

文史郎は大門、左衛門と顔を見合わせて笑った。

文史郎たちが稽古を終えると、いつしか視線も消えていた。

七

文史郎たちが母屋の囲炉裏端で朝餉を摂っているとき、駒之助が何もいわずに出かけようとしていた。

「行ってきますは？」

母親の都与の声がかかった。

駒之助の「行ってきます」という声が遠くにきこえた。

「いつも、ああなんです。何がおもしろくないのか、何もいわず、ぷいっと出かけてしまう」

如月が都与の代わりにいい、文史郎にご飯をつけた。

一汁一菜。質素な朝餉だが、江戸の長屋で食するよりも、はるかに旨い。食も進む。

食事のあと、番茶を啜りながら、如月に尋ねた。

「駒之助は、どこへ行ったのだ？」

「城下町にある寺子屋ですよ」

「そうか。それは感心だな」

左衛門は首肯した。

「寺子屋が終わったら、そのあと、町道場に通うんです」

「藩校には行かんのか？」

文史郎はいってから、しまったと思った。

那須川藩の藩校日新館《にっしんかん》には、藩士の子弟しか通えない。村の子が通えるのは手習い塾や寺子屋であり、剣術を習うには町道場しかない。それとて、村の裕福な郷士の子か、豪農の子だけである。

かつて文史郎が藩主だったときに、藩政改革の一環として、藩校の門戸を広く開放しようとしたことがあった。領内の子であれば、郷士や農家の子であれ、商家の子であれ、優秀な子であれば藩校に通えるようにする試みだった。

しかし、保守派藩士たちの猛反対で潰《つい》えてしまった。武士の子弟の学校に、農家や商家の子を通わせるとは何ごとか、というのだった。

「あの子、藩校へは、たとえ入れても行こうとしないでしょうね」

母親の都与がぽつりといった。

「ほう、なぜかな？」

「藩校生を目の敵《かたき》にしているんです。寄れば触れれば、喧嘩ばかりしているらしい」

大門が長い楊枝《ようじ》で歯を掃除しながら笑った。

「ほう。元気ですなあ。男の子は、そのくらいでないと大成せんでしょう」

「あの子ったら、町道場の悪い仲間を集めて、徒党を組み、藩校の子弟たちを襲ったり、襲われたりしているんですよ。先日も、相手に大怪我をさせたとか、藩校の先生が町道場に怒鳴り込んだそうです。駒之助を出せと」

都与はほとほと困ったという顔で溜め息をついた。

「それだけならまだしも、駒之助は剣の腕が強いのをいいことに、町の荒くれ者たちとも喧嘩をして、木刀で何人かの手足の骨を折ったそうなんです。それで町奉行のお役人が出て、駒之助たちを捕らえて、お説教する騒ぎになったのです」

如月が都与に代わって続けた。

「このまま行くと、駒之助はどんな悪者になるか、末恐ろしい。いまのうちに、なんとか立直らせることはできないかと。それもあって、切羽《せっぱ》詰まり、文史郎様にお願いの手紙を出したのです」

「なるほどのう」

文史郎は顎を撫でた。

左衛門がうなずいた。

「十四歳といえば、もう半分おとな。元服する年ですからな。作兵衛殿は駒之助と話をしていないのですかな」

都与は哀しげにいった。

「あのように、いつも不機嫌そうではあるのですが、駒之助は家ではおとなしい。そんな悪さをするような顔は見せないんです。だから、主人も叱りようがない」

「ははは。駒之助は内弁慶ならぬ外弁慶なのかな」

弥生を膝に乗せた大門が笑った。

文史郎は如月に訊いた。

「手紙では、駒之助は風の剣士とやらに憧れているとあったが」

「はい。駒之助は、いまも、その得体の知れぬ風の剣士に憧れているようです。暇があると裏手の芒の原に出かけては、風の剣士が現れるのを待っているようなのです」

「如月殿、その風の剣士とやらは、何者ですかな？」

大門が好奇心丸出しに尋ねた。

如月は微笑《ほほえ》みながらいった。

「この地に伝わる噂話なんです。冬間近、雪起こしの季節になると、那須山の峠を越えて、風のようにやって来るサムライがいる。そのサムライは滅法《めっぽう》強くて、これまで何人もの豪傑が挑んでも、一度として負けたことがない。そのサムライの姿を見ると熊も狼も恐れて逃げ出すそうなんです」

「ほう」

「あの子は稚《おさな》いころに、子供たちみんなで、一度、そのサムライを見たというのです。しかも、槍を持った豪傑がサムライと立ち合い、一刀の下《もと》に斬られるのを見たって」

「駒之助だけでなく、ほかの子も見たというのだね？」

「というんですけど、ほかの子は、よく覚えていないのです。尋ねたことはないんで、分かりません。私は駒之助が夢を見たんじゃないかって思ってますけど」

「どうして？」

「駒之助があまり騒ぐので、父をはじめ、近所のおとなたちが芒の原に行ってみたんです。でも、斬られたという槍を持った武士の死体はどこにも見当たらなかった。駒之助も芒の原のどこなのか、場所を覚えていない。駒之助はまだ六歳のころでした。

きっと駒之助は風の剣士の話をきいて、夢でも見たのじゃないか、あるは古ギツネに騙されたのではないか、ということになったのです」

「六歳か。ふうむ」

文史郎は首を傾げた。

六歳では、はたして見たという記憶が正しいものか、どうか、怪しいものだ。

なんでもない普通の侍の姿を見て、風の剣士と思い込んだのかもしれない。

立ち合いも、ちょっとした喧嘩か何かで、あとでそれを果たし合いのように思い、勝手に想像を膨らませて、死体まで思い浮かべてしまった。そういうこともある。

「ほかの子というのは？」

「村の近所の子たちです。いま、みんな年ごろの子になっています。でも、風の剣士などに憧れるような子はいません」

大門はうなずいた。

「そうか、駒之助は、よほど想像力豊かな子なんだ」

「かもしれないですな」

左衛門もうなずいた。

如月があらためて文史郎に向いていった。

「駒之助は、いったい、町でどんなことをしているのか、文史郎様たちに見て来ていただけないでしょうか？　私たち女では、恐ろしくて、町にも行けない。何をいわれるか、分からないので」

文史郎は考え込んだ。

「爺、どうだ、久しぶりでもある。お忍びで城下町を見てみるか。昔とどう変わったか見て回るのも一興ではないか」

「そうですな。駒之助が、町道場で、どんな腕前なのかも知りたいものですな」

左衛門が賛同した。大門もうなずいた。

「いいですな。拙者も那須川藩の城下町を見物したい」

文史郎は那須川藩の城下町を思い浮かべた。

那珂川沿いに、那須の高久村から、下流に向かって、那須川藩、大田原《おおたわら》藩、黒羽《くろばね》藩の三つの藩が並んでいる。

那須川藩一万八千石、大田原藩一万一千石、そして黒羽藩一万八千石と、いずれも似たり寄ったりの小藩である。

ついでにいえば、これら三藩のいずれかを通って奥州への街道、裏街道がある。それら街道を通って幕府直轄領の福原《ふくはら》城下を抜けると、陸奥《むつ》の玄関口の白河《しらかわ》の関《せき》に至る。

その白河の関を越えれば、白河藩、二本松《にほんまつ》藩に通じている。
白河藩から越後の方角に進めば大藩会津藩二十三万石になる。
高久村から那須川藩の城下町まで、およそ二里（八キロメートル）。
駒之助は、毎日、二里の距離を歩いて通っていることになる。
「よし。いまごろ、駒之助は町で何をしているか、行って見て来よう」
文史郎は立ち上がった。
厩で愛馬シロが文史郎たちの気配を察し、鼻を震わせ嘶《いなな》いた。

八

文史郎は手綱を引き、馬の歩みを止めた。
高久村から那須街道を下り、櫟や楢の原生林を抜けると一面田園地帯に至る。
田圃の彼方の小高い台地に天守閣が聳《そび》えた城壁が見える。
那須川城だ。その城のある台地の麓に、城下町の家並が見えた。
あとから、左衛門と大門があたふたと文史郎のところに駆け付けた。
「殿、速く歩き過ぎですよ。馬は四足《よつあし》、我らは二足。走り出したら、とても追い付けません」

大門はぜいぜいと肩で息をしながら、ぼやいた。

「大門殿、戦《いくさ》となったら、そんなことをいってはおれませぬぞ」

左衛門は矍鑠《かくしやく》とした態度でいった。左衛門の方が年寄なのに、息も上がっていない。

「だから、大門、如月に馬を用意してもらおうかといったではないか。それを大門は断った」

「そうでござる。どうも、拙者は馬と相性が悪いらしい。馬は扱いにくい」

「大門殿が馬に乗らないというから、老骨のわしも大門殿一人を歩かせては可哀相だと、こうして徒歩《かち》を選んだのですぞ」

左衛門が文句をいった。

「爺さん、あんたは立派だ。年寄でも、わしより元気だ。参った。拙者、尊敬いたす」

大門は左衛門に手を合わせた。

「ともあれ、ここまで来たら、目と鼻の先だ。爺、大門、参ろうぞ」

文史郎は馬の首を立て直し、町へ向けた。

馬に乗った文史郎と、徒歩の左衛門、大門はゆっくりした足取りで、町への一本道を歩み出した。

文史郎たちは城下町に入った。

久しぶりに見る在所の城下町の風景は、懐かしくもあり、藩主だったときの苦労や失態を思い出させた。

藩政改革を急ぐあまりに、無理な施策を強《し》いて、臣下や領民たちの反感を買い、信頼を失ったのは、己の不徳の至りだった。

懐かしさも半ばばかりか、悔いばかりが押し寄せる。

「昔とあまり変わりませんな」

左衛門が馬上の文史郎にいった。

「うむ」

正面の城郭の風景も、近くを流れる那珂川もまったく変わっていない。

道は町中に入ると、町を通る関街道と交差する。関街道とは白河の関に繋がる東山《とうざん》道《どう》の北の外れの名称だった。

関街道筋には、何軒もの旅籠が軒を連ねていた。茶屋もまた昔のままだ。

文史郎は十字路で馬を止めた。

関街道を右に行けば那珂川の河畔《かはん》に出る。

河畔には小さな津《つ》があり、川を下る荷船が桟橋に横付けされていた。河畔に白壁の蔵が建ち並んでいる。

那須川の津は、那珂川の舟運《しゅううん》の最上流にあって、周辺農村からの米の集積場でもある。

荷船は米を積んで、海へ出る河口近くの湊《みなと》にまで下る。そこで、いったん下ろした米は、陸路利根川《とねがわ》水系の湊に運ばれる。そこで再び船に積まれて、江戸《えど》へ向かうのだ。

街道の先には木造の橋がある。橋を渡り、そのまま街道を行けば、東山道となり、先は江戸と日光《にっこう》を結ぶ日光街道になる。

街道を左折して、北へ向かえば、陸奥の入り口である白河の関に至る。そこから先は奥州《おうしゅう》街道だ。

十字路を越えた正面には、那珂川の支流黒川《くろかわ》越しに白亜の城郭が見える。

懐かしい那須川城だ。

城は、西から南に流れる那珂川と、北から那珂川に合流する黒川を堀の代わりとし、北東側には堀をめぐらし、両川の水を引き込んでいる。

城下町は那珂川と黒川に囲まれた、川向こうの城側に武家の町、手前の街道筋に町家の町という住み分けをしていた。

馬が驚いてたじろいだ。

歓声をあげて町家の子供たちが群れをなして街道を北へ駆けて行く。

子供たちの姿は、その先にある神社の鳥居の中に消えて行った。笛や囃子《はやし》太鼓の音が神社からきこえてくる。

神様に豊穣な収穫を感謝する秋の祭りらしい。

「殿、町道場は、神社のある方角らしいですぞ」

「うむ。行ってみようぞ」

馬の首を回し、町道場の方角へ進み出した。

神社の参道や境内には、露店や見せ物小屋が立ち並んでいる。

昼最中《さなか》ということもあって、神社の境内には、町娘や町人の若衆や年寄、農村の若い衆、武家娘や御女中衆が集まっていた。

鳥居の前を過ぎて、一丁ほど行くと古い寺があり、寺の境内に道場の小屋があった。

寺には寺子屋もあるらしく、習字が終わった子供たちが僧坊から吐き出されて来る。

駒之助は、この寺子屋に通い、町道場で稽古をしている様子だった。

道場からかかり稽古の気合いや床を踏み鳴らす音が響く。

文史郎は馬を下りた。手綱《たづな》を寺の庭先の柿の木の枝に結わえ付けた。

こぢんまりとした小さな道場だった。いまは数人のおとなが竹刀《しない》を振るっている様子だった。

玄関先に「大鷹《おおたか》道場」の看板が架かっていた。

「頼もう」

左衛門が道場の玄関先に立って訪《おとな》いを告げた。

大門はこっそりと鎧窓から中の様子を窺《うかが》い、顎鬚を撫でた。

「どうれ」

小柄な老人が玄関先の式台に現れた。顎に白くて長い髯をたくわえている。頭髪も白く、山羊《やぎ》を思わせるご老体だった。

「道場主は、ご在宅かな?」

「わたしが道場主の大鷹元勝《もとかつ》だが」

「さようでござるか。こちらは、かつて、当藩の藩主で……」

左衛門は文史郎を紹介しようとした。文史郎は左衛門を手で止めた。

「爺、まあ待て。大鷹先生、それがし、大館文史郎と申す者にござる。このたび、久しぶりに郷里に戻りました」

「おう、江戸からお戻りか」

「こちらの道場にそれがしの義弟の小室駒之助がお世話になっているとおききし、様子を窺いにお訪ねした次第でござる」

「ほほう。そうでござったか。駒之助の義兄の大館殿と申されるか」

山羊老人は髯をしごきながら、鷹揚にうなずいた。

門弟たちは、駒之助の義兄ときき、一斉に稽古を止め、玄関の方を振り向いた。

「義弟の駒之助はちゃんと先生のご指導よろしく、稽古に励んでおりますでしょうか？」

山羊老人の大鷹師範は笑った。

「ははは。駒之助は、よう稽古に励んでおりますぞ。少々元気がありすぎるくらいですがのう」

「そうでござったか。して、いま道場での成績は、いかほどでござるか？」

文史郎は道場の壁にかかっている門弟たちの名札を眺めた。

師範の大鷹元勝を筆頭にして、以下師範代、高弟の名前が四、五十人、四段に分かれて並んでいた。

小室駒之助の名札は、最上段の右端にあった。師範代から数えて十番目ほどか。

「ほう。駒之助は、結構上位にありますな」

文史郎は左衛門や大門と顔を見合わせた。大門も後ろから道場の名札を眺めて顎の髯を撫でている。

「まずは御三方、上がってください、と申し上げるには、ちと道場は狭いので、こちらに御座りください」

大鷹老師は式台に文史郎たちを促した。

「では、ごめん」

文史郎は式台に腰を下ろした。左衛門と大門も、それぞれ式台に並んで腰かけた。

大鷹老師は穏やかにいった。

「駒之助はおとなの門弟に混じっても上位にありましてな。少年の部では筆頭になる」

「そうでござったか。頼もしい」

「しかし、問題もござるのだ」

「なんでしょうか？」

大鷹老師は白髯を撫で付けた。

「ちと慢心しておりましてな。同じ少年仲間では、駒之助にかなう者はおらず、自信過剰になっておるのです。それで、強い者を求めて、よく喧嘩をしかけるのです。それも、川向こうの台町《だい》の侍屋敷の子らにちょっかいを出すのです」

「武家の子に喧嘩を売るのでござるか？」

文史郎は左衛門と顔を見合わせた。

道場では、稽古が再開された。

竹刀の音や気合いが喧しく響いている。

城下町は、侍たちが住む屋敷の台町と、商家や職人、土工や人夫の家や農家がある田《た》町の二つの地域から成っていた。

大鷹老師はうなずいた。

「この夏には、駒之助はこちらの田町の商家や農家の子たちを率いて、川向こうの子たちと、川を挟んで合戦をやりましてね。なんと勝ってしまった」

「ほほう」

「相手は家老の息子で餓鬼《がき》大将が率いる侍の子たちの青龍会《せいりゅうかい》。不良仲間の暴れん坊たちですがな。それに対抗するのは、駒之助が率いる草莽隊《そうもうたい》だ」

「ほう。草莽隊ねえ」

文史郎は腕組をした。草莽は民百姓を意味している。百姓とは農民だけではない。

百の姓《かばね》、つまり百にも上るあまたの姓の民のことで、農民のみならず、さまざまな職業や職種の民を意味している。中国の原意では、百姓は、役人ではなく、身分のない庶民を差している。

「田町の悪童どもは、商家、農家の子らだけでなく、郷士の子、荷運び人夫の子、筏《いかだ》流し人夫の子ら暴れん坊の不良たちが集まってできた隊だ。まさしく草莽の子らの隊であるな」

「老師、やけに詳しいですな」

「ははは。わしも子供のころ、上士の子弟たちと、海や川の泳ぎ場をめぐって、よく合戦して奪い合ったもんでね。それを思い出すと、年がいもなく、血が騒ぎ、つい田町の百姓の子供たちを応援してしまうのだ」

文史郎は腕組をした。

吉田松 陰《よしだしょういん》が唱えた「草莽崛起《そうもうくっき》」という言葉がある。

意に諸侯恃《たの》むに足らず、公卿恃むに足らず、草莽志士糾合《きゅうごう》義挙の他にはとても策これ無き事。

「しかし、駒之助は、よくそのような難しい名を思いついて付けたものですな」

大鷹老師は悪戯っぽそうに皺《しわ》だらけの顔を崩して笑った。

「いや実はな、わしが教えたのじゃ」

「老師が教えたのでござるか」

「そう。わしは、駒之助たちに寺子屋で論語や書経も教えておるんじゃ」

「そうでござったか」

老師は大きくうなずいた。

「少年は文武両道に通じなければ、いいおとなになれんのでな。剣や喧嘩がただ強いだけでは大成せん。広く知識を世に求め、己のものにせんとな」

「確かに、老師のおっしゃる通りですな」

文史郎は感心した。

いいことをいうではないか。

左衛門が訊《き》いた。

「老師は、田町の出なのでござるか？」

「いや、わしはこの地の出ではない。はるか西国から流れ流れて、ここへ住み着いた者だ」

「どちらの出でござる？」

「わしか。土佐《とさ》だ。そういうおぬしたちも、その言葉遣いからして、この土地の者ではなさそうだな」

文史郎はうなずいた。

「生まれは江戸、育ちは信州でござる。こちらにも十年ほど住んでいたことがあります」

「道理で土地の訛《なま》りがない、と思うた」

老師は、まじまじと文史郎の顔を覗き込んだ。

「……おぬし、どこかで見かけたことがあるな。おぬしによく似た人物がおったぞ」

「ほう。どなたでござろう？」

「昔、ここの藩主だった御仁によう似ているな。確か若月丹波守清胤とか申された人だが」

左衛門が身を乗り出そうとした。文史郎は肘《ひじ》で左衛門を抑《おさ》えた。

「そうでござるか」

「ちょうど、わしが、こちらに知り合いを頼って参ったころだったか、藩主が何か不始末をしたとかで、奥方やご家来衆から追い出されたことがあった」

「ほう。さようか。不始末ねえ。それはいかん。上に立つ者が、不始末をしてはいかんな」

文史郎はとぼけた。

「殿……」左衛門が口を出そうとした。

文史郎は肘で止めた。大門が髯を撫でながらにやついている。

左衛門は文史郎に口止めされ、顔をしかめていた。

「しかし、わしが見た限りだが、民の評判はまあ良かった。汚職を追放し、租税を下げ、民百姓の暮らしを楽にしようとしたからな。だが、あまり急な藩政改革は痛みを伴うものだ。とくに、これまで既得権を持っていた藩の要路《ようろ》、保守派家老などは、それを奪われると見て藩主の追い出しをかけたのだと思う」

文史郎は左衛門に、笑いかけた。左衛門も満更《まんざら》でもなさそうな顔つきになった。

「それにしても、藩主は欠点もだいぶあったようだな」

「ほう、どのような欠点でござろうか？」

「女たらしだったそうだ。城に上がる奥女中や中臈《ちゆうろう》にやたら手を付けたそうだ」

「やたら、というわけではないでしょう」

文史郎は自尊心が傷ついた。

左衛門は、さもありなんとにやついている。

「やたらだったらしい。それで奥方が怒り、手を付けた女子どもを追い出した。奥方との間にお世継ぎがないのに、奥女中や側女を孕《はら》ませたので、奥方は腹を立てたのだろう。最後には、藩主を若隠居させ、江戸屋敷に軟禁したときいたが」

「ま、そんなところでしょうな」

左衛門がうなずいた。

「それにしても、おぬし、よう似ておるな」

「他人の空似《そらに》でござろう」

「そうかのう。ちと上品なところといい……」

大鷹老師はじろじろと無愛想に文史郎の顔を見回した。

文史郎は話題を変えた。

「ところで、老師、台町の青龍会を率いる餓鬼大将とは、なんという家老の息子なのだ？」

「家老の大道寺《だいどうじ》殿の息子ときいたが」

文史郎は左衛門に顔を向けた。

大道寺道成《みちなり》は、那須川藩の城代家老のはず。奥の萩の方と結託して、文史郎を追い落とした陰謀家の城代家老だった。

府内に留め置かれる藩主に代わり、城代家老は在所では藩主以上の力を持っている。

「確か、大道寺道介《みちすけ》という名前だった」

「ふうむ。その大道寺道介も、あちらの総大将とすれば、相当の腕前なのであろうな」

「神道無念流《しんとうむねんりゅう》の大目録を取っている、ときいた」

神道無念流は藩校の道場で習う流派だった。

藩校道場では、ほかに小野派一刀流《おのはいっとうりゅう》も教えていた。

「大鷹老師の流派は、何でござる？」

「無手勝流ですな」

老師は空気が洩れたような声で笑った。

「戦わずして勝つ。できれば、戦わずにいれば、負けることはない」

「なるほど。一理ありますな」

玄関先に、どやどやっと稽古着姿の少年たちが駆けて来た。

「ただいま帰りました」「ただいま」

少年たちの中に駒之助の笑顔があった。

大鷹老師がにこやかにいった。

「みんな、祭りから帰って来たか。噂をすれば影だのう。駒之助、おぬしの義兄が御出でだぞ」

駒之助は文史郎たちに気付き、顔の笑いがさっと消えた。

「……………」

駒之助はぶすっと顔を膨らませ、そっぽを向いた。

少年たちは、ほとんどが町家の子で、郷士の子である駒之助以外は腰に小刀も差しておらず丸腰だった。

「さあ、みんな、稽古だ。足を洗って道場へ上がれ」

師範代らしい青年が少年たちに怒鳴った。

「はいっ」

少年たちは声を揃えて返事をし、どやどやっと道場の裏手の井戸に向かった。

「この片岡《かたおか》が師範代として、わしの代わりにみんなに剣術を教えている」

大鷹老師が片岡を呼んで、文史郎たちに挨拶させた。

「片岡哲蔵《てつぞう》です。駒之助は我が道場の輝ける星です。若いうちに心身を鍛えれば、将来を嘱望される逸材です」

「よろしく、お願いいたす」

文史郎は頭を下げた。

「それがしにできることなら何でもいたしましょう」

片岡は白い歯を見せて笑った。

駒之助たちが足を洗い、どかどかと道場に上がった。

「よーし。先輩たちと交替して稽古開始だ」

先に稽古していた青年たちは少年たちに道場を明け渡し、休憩に入った。

少年たちは面と胴を着け、互いに相手を見付けて、稽古を始めた。

駒之助も軀のでかい少年を相手に、打ち込みの稽古を開始した。

師範代や先輩門弟が、少年たちの間を巡り、打ち込みや受けの要領を教えている。

文史郎は、駒之助の稽古の様子を眺めた。

駒之助の打ち込みは、ほかの少年たちよりも、鋭く切れがある。打突《だとつ》のときの踏み込みも、他の子よりも素早く、退くのも早い。

相手の少年は、ほかの子よりも機敏で、打突も鋭いし威力もあるのだが、駒之助は数段上に見えた。

まだまだ荒削りだが、剣の筋はありそうだった。

左衛門も大門も、駒之助の動きを眺めながら、目を細めている。

大鷹老師が文史郎にいった。

「どうですかな。駒之助は？」

「老師の教えよろしく、動きがいいですな」

「ちと、駒之助と立ち合ってみますかな？」

「それがしが？」

文史郎は、それもおもしろいと思った。

直接立ち合ってみれば、力量や素質が即分かる。

老師はにやりと笑った。

「師範代、大館殿が駒之助と稽古仕合をしてみたいそうだ」

「そうですか。駒之助、支度をしなさい」

片岡は駒之助の稽古を止めた。

駒之助は、じろりと文史郎を睨んだ。

おとなを舐め切ったような生意気な気迫を感じた。

「殿、手加減しませぬと」

左衛門が囁いた。文史郎はふっと笑った。

「分かっておる。だが、手加減はせぬ。やつのためにならぬ」

文史郎は草履を脱ぎ、道場に上がった。左衛門と大門も続いた。

腰の大刀を鞘ごと引き抜き、左衛門に渡した。下緒《さげお》で素早く襷をかける。

片岡が門弟に面と胴を用意するようにいった。

「師範代、それがしは防具はいらぬ」

「そうですか」

片岡はうなずいた。

「では、自分も防具はいらぬ」

駒之助が大声でいい、面を脱いだ。

片岡が笑いながらいった。

「駒之助、無理はするな」

「無理ではありません。得物《えもの》も木刀での勝負を所望します」

駒之助は怒鳴り、壁に掛けてある木刀の一本を手に取った。手にした木刀を振り、びゅうびゅうと風切り音を立てた。顔が文史郎を向き、こいつ、叩きのめしてやると睨んでいる。

「駒之助、木刀では怪我をさせかねない。木刀はよせ」

「師範代、木刀でもよい。それがし、打たれて怪我をしても文句はいわぬ」

文史郎は袋竹刀を手に取った。

文史郎は駒之助の気持ちが分かった。

駒之助は大事な姉の如月を奪った男として文史郎を憎んでいる。

姉思いの少年なのだ。

「義兄者《あにじゃ》、木刀で勝負しろ」

駒之助は屈辱で顔を真っ赤にしていた。

文史郎は微笑みながら、うなずいた。

「よろしい。木刀で勝負をしたい、というのなら、それがしも木刀にいたそう」

大鷹老師が真顔になっていった。

「駒之助、稽古仕合は喧嘩にあらず、まして果たし合いでもない。相手を痛め付けようとして仕合に臨めば、相手もそう思って応じるぞ。正々堂々と立ち合え。いいな」

「はい」

駒之助は渋々とだが、返事をした。だが、目はらんらんとして、憎しみがこもった光を発していた。

「皆の者、模範仕合だと思って見学せよ」

老師が門弟たちにいった。門弟たちは道場の壁を背にして、ずらりと座った。

駒之助は少年たちの声援を受けて、道場に立った。

文史郎も道場の中央に進んだ。

「判じ役は、それがしが務めます」

片岡が駒之助と文史郎の間に立ち、二人に向き合うように指示した。

「では、仕合は一本勝負」

文史郎と駒之助は、道場の神棚に一礼した後、双方向き合って一礼した。

ついで互いに蹲踞《そんきょ》の姿勢になり、木刀の切っ先を合わせた。

駒之助の軀から、殺気とも怒気ともつかぬ剣気の炎が湧き起こっている。

文史郎は微笑し、駒之助の動きに合わせて立ち上がった。

まだ稚い、と文史郎は思った。

駒之助は立ち上がった途端に、木刀の切っ先で文史郎の木刀を叩いて払い、いきなり、そのまま打突して来た。

文史郎はカチンと駒之助の木刀を打ち払っていなし、打突して来た木刀に木刀を絡ませて撥ね上げた。

あっと駒之助は呻いた。

木刀は撥ね上げられ、宙に飛んだ。木刀は見学している門弟たちの中に突っ込んだ。

門弟の少年たちは悲鳴を上げて避けた。

「一本！」

片岡は文史郎に手を上げた。

左衛門と大門はにやにやと笑っている。

「まだまだ。もう一本、お願いいたす」

駒之助は叫んだ。

片岡が文史郎に目をやった。

「よろしい。もう一本、お相手しよう」

「では、もう一度、互いに見合って」

片岡が双方に構えるように指示した。

「きえーいっ」

気合いをかけ、駒之助は跳びすさった。

今度は、駒之助は青眼《せいがん》に木刀を構えた。

うむ。さっきよりは構えがいい。

文史郎も青眼で応じた。

木刀の切っ先を駒之助の右目にぴたりと当てた。

じりじりと足を進め、気を一気に高めた。駒之助の打ち気を粉砕し、気を気で圧迫した。

さあ、打ちかかってみろ。さあ、来い。打ち負かしてやる。かかって来い。かかって来るんだ！

文史郎は無言で駒之助を威圧し、押し捲《まく》った。

文史郎が半歩進めば、半歩退く。一歩進めば一歩後退する。じりじりじりじり。

「きえええい！」「きええええーい！」

駒之助はかけ声をかけるものの、軀が強《こわ》ばり、思うように動かない。

駒之助の顔に汗が吹き出した。

とうとう駒之助は壁ぎわに追い詰められた。座っていた門弟たちが慌てて退いた。

文史郎はふっと気を抜いた。

青眼に構えていた木刀を下段に下ろした。

わざと隙を作る。

駒之助の軀が動いた。まるで誘導されるように、文史郎の隙に木刀を振り下ろす。

文史郎は待ってましたとばかりに駒之助の木刀の手許を激しく叩いた。

駒之助は手がしびれ、思わず木刀を取り落とした。

文史郎は板の床に落ちた木刀を、門弟たちの中に蹴り入れた。

片岡が宣しようとした。

「まだまだ」

血相を変えた駒之助は、文史郎に飛びかかった。

組打ちで倒そうというのか。

文史郎は笑いながら、木刀を投げ出した。かかって来た駒之助の腕の袖と胸ぐらを摑み、腰車《こしぐるま》に駒之助を乗せた。

次の瞬間、腰車に乗った駒之助を道場の床に投げた。駒之助は軀を回転させてどうと板の床に落ちて伸びた。

「一本！」

「まだまだ」

駒之助は腰を打ったらしく、手で腰を擦りながら起き上がり、文史郎に摑みかかろうとした。

文史郎は駒之助に大外刈りをかけ、床に引き倒した。そのまま、寝業《ねわざ》をかけ、駒之助を締め上げた。

「参ったか？」

「……まだまだ」

駒之助の声が弱々しくなった。

「参ったといえ」

「……まだ……まだ……」

落ちた。

文史郎は手を緩めた。

駒之助は動かなくなった。目をひん剝《む》いて失神している。

「殿」

左衛門と大門が駆け寄った。

仲間の少年たちも心配して集まって来る。

「大丈夫だ。落ちただけだ」

文史郎は駒之助の上体を起こし、背に膝小僧をあてた。

「カッ」

駒之助の背に喝《かつ》を入れた。

駒之助ははっとして息を吹き返した。手探りであたりを捜す。

「まだまだ」

師範代の片岡が駒之助に引導《いんどう》を渡した。

「もうよし、駒之助。仕合は終わった。おぬしの負けだ」

駒之助は、わっと泣き出した。悔し涙をぼろぼろこぼしていた。

「よしよし。その気構えはいい。だが、駒之助、おぬし、ほんとうに負けず嫌いの頑固者だのう」

大鷹老師が笑いながら、駒之助の肩を叩いた。駒之助は仲間たちに囲まれ、まだしゃくりあげていた。

大鷹老師は文史郎を振り向いた。

「おぬし、やるのう。心形刀流じゃな。それも免許皆伝の腕前」

「いや、まだまだです」

大鷹老師は駒之助に諭《さと》すようにいった。

「駒之助、おぬしの義兄は強うござるぞ。まだおぬしなんぞ、足許にも及ばぬ。いい兄貴を持って、おぬしは幸せ者だのう」

駒之助は一際大きい声で泣き続けた。

「ほんとに悔しかったようだな」

大門が笑った。左衛門も頭を振った。

「まったく。剣客相談人の殿に歯向かうなんて、駒之助も恐いもの知らずだ」

「剣客相談人ですと？」

大鷹老師が小首を傾げた。

左衛門が笑いながら訊いた。

「御存知でしたか？」

「いや、きいたことがない」

「御存知ない。文史郎様も、我らも、江戸では、その相談人をしているのです。よろず揉め事の相談に乗ります、という商売でしてな。江戸では、だいぶ有名で、知る人ぞ知る、知らない人は知らない商売でござる」

「さようか。江戸には、妙な商売があるものですな」

大鷹老師は頭を振った。

いつの間にか、駒之助は泣きやみ、左衛門と老師の話に聞き入っていた。

文史郎は襷の下緒を解いた。

少年たちが文史郎の周りに集まっていた。

みんな好奇心丸出しに文史郎の一挙手一投足を見ていた。

「剣客相談人だってよ」

「剣客なんだ」「駒之助でもかなわないのは当たり前だよな」

少年たちは口々に囁き合っていた。

第二話　合戦

一

夜はしんしんと更《ふ》けていく。

囲炉裏端では、文史郎は大門、左衛門と如月が用意してくれた濁り酒を飲みながら、大鷹道場や駒之助との立ち合い、大鷹元勝老師などについて話が盛り上がっていた。

駒之助は照れ臭いのか、帰って来たら、文史郎たちに挨拶もせず、すぐに風呂に入り、夕餉を終えるのも早く、寝床に入ってしまった。

文史郎は弱ったことになったと思った。

こちらに住むにあたり、城下町で町道場でも開き、武家や町家から弟子を集めて、そこそこ暮らす生活の糧《かて》を得ることができるのでは、と思っていたが、すでに大鷹元勝の町道場があり、あてが外れたのだ。

小さな城下町に、二つも町道場があったら、競合しよう。江戸ならともかく、この城下町では入門する弟子は、それほど多くはない。

那須川藩一万八千石の小藩だ。人口とて、六千人ほど。少ない弟子の取り合いになる。

もし、大鷹道場の主が大鷹元勝老師でなく、儲け主義のいい加減な道場主だったら、対抗して道場を作ってでもやるだろう。

だが、大鷹老師は見識高く、四書五経に通じている。子供たちに、読み書きだけでなく、論語を教えたりしている。教育熱心な上に、武術にも秀でている。

文史郎が流派をいわずとも、その剣の形《かた》から、すぐに心形刀流と見破った。これは並大抵の技量ではない。もちろん、武に通じていなければできない眼力だ。

「あの大鷹老師は只者ではありませんな」

大門が笑いながらいった。

「確かに」

左衛門もうなずいた。

「ふたりとも、そう思うか」

「儒者でもあり、剣術も並みの腕ではない。そういう方はなかなか居らぬでしょうな」

「そも、どうして、土佐くんだりから、下野は北の外れ、那須に流れて来たかです。知り合いを訪ねてとおっしゃっていたが、誰だったのか？」

大門は首を捻った。文史郎はぐい呑みの酒をあおった。

「しかも、草莽の民だのと、いうておる。長州人《ちょうしゅうじん》のいいそうなことだのう」

「ともあれ、なぞめいた老人ですな」

左衛門が、そうそう、と思い出していった。

「大鷹老師が別れ際に、那須神社のお祭り見物をなさるといい、と申されてましたぞ。明日が最後の日で、夕方に境内でどんど焼きの火祭りをするそうです」

「そう。皆さんで、御出でになられたら、いかがですか？　近隣の村々からも人が大勢出て、みんなで火を焚《た》き、五穀豊穣《ごこくほうじょう》を祝う一年で一番賑やかな秋の大祭ですよ」

「そうか。行ってみるか。どうだ、如月も」

文史郎は如月を誘った。

「でも、弥生が」

「いいではないか。弥生も連れて行こう。馬の背に乗せて行けばいい」

「そうそう。如月様もごいっしょしましょう。それがいい」

左衛門が笑いながら賛意を示した。大門も髯を撫でながらいった。

「そうですぞ。年に一度の大祭でござろう？　ぜひとも御新造もごいっしょしましょう。拙者が弥生の面倒を見ます。ですから、夫婦水入らずで、お祭りを楽しまれるがいい」

「はい。では、旦那様、私もごいっしょさせていただきましょうかしら」

如月は嬉しそうに笑った。

「もちろんだ。明日、みんなで祭りに行こう」

文史郎は如月の幸せそうな笑顔を見て、ふっと昔を思い出した。

如月を見初《みそ》めたのは城の中だと周囲にはいってあったが、ほんとうは那須神社の祭りのときであった。江戸から二度目に里帰りしたときのことだ。

左衛門を連れ、密かに城を抜け出し、夏祭りに賑わう那須神社を訪れた。

笛や太鼓の音に合わせ、男衆により、朗々と音頭《おんど》が歌われていた。

文史郎は盆踊りを眺め、楽しんでいるうちに、踊りの輪の中に、一際《ひときわ》美しい娘が踊っているのに気が付いた。

文史郎は尻込みする左衛門を見物客の中に残し、娘の踊りの輪に加わった。思い切ってその娘の後ろにつき、手振り身振りを真似して踊った。

突然の文史郎の登場に、周囲の若い衆が娘を守ろうと身構えたが、娘が祭りだからと、穏やかに若い衆を宥《なだ》め、文史郎に盆踊りを教えてくれた。

文史郎は初々《ういうい》しくも健《すこ》やかな娘に見惚れ、何度も手振りや身振りを間違えた。娘はにこやかに笑いながら、文史郎に踊りを教え、踊り続けた。

娘は夜の篝火《かがりび》の明かりに照らされ、赤く頰を染めながら舞っていた。

美しい。

文史郎は炎の揺らめく光の中で、娘を見つめた。娘は、はにかみながらも、知らぬ顔で踊っている。

周囲の若い衆が、娘を如月と呼んでいたのを、文史郎は深く記憶していた。

「殿、いかがなされた？」

左衛門の声に文史郎は思い出から我に返った。如月の顔が囲炉裏の炎の明かりに照らされ、ほんのりと赤く染まっている。まるで、あのときのように。

「いや、初めて如月に遇《あ》ったときのことを思い出していた」

「まあ」

如月は恥ずかしそうに顔を伏せた。

「おお、そうでござったか」

左衛門はうなずいた。

「熱い、熱いですな。熱くなり申した」

大門がにやっと笑いながら、ぐい呑みの酒を旨そうに啜っていた。

二

情けない。

完敗だった。何をやっても通じなかった。

文史郎は想像していたよりも、はるかに強い。組み打ちまでかけても、文史郎を倒すことができなかった。

駒之助は無念で無念でならず、歯軋《はぎし》りをした。

あろうことか、口惜しさのあまり、みんなの前で泣いてしまった。なんと恥ずかしいことをしてしまったのか。男として、泣くとはなんということか。五、六歳の餓鬼《がき》でもあるまいに。

駒之助は、寝床の中で悶々として眠れなかった。目を閉じると、文史郎の青眼に構えた木刀が見えてくる。

木刀の切っ先が次第に膨れ上がり、文史郎の姿がその陰に隠れてしまう。

思わず打ち込んでも、文史郎の周りに鉄壁のような分厚い気が張りめぐらされていて、打ち破ることができない。

あれはいったい、何なのだ？

駒之助が打ち込もうとする隙がない。どこをどう突いても、文史郎の体《たい》を崩せそうにない。

じりじり焦っているところに、ちらりと隙を見せられ、敵の罠だと分かっているのに、ついつい引き込まれて打ち込んでしまった。

木刀を叩き込まれたとき、手が痺れ、不覚にも木刀を取り落としてしまった。

駒之助は口惜しくて口惜しくて、眠れず、暗い屋根裏の太い梁を睨んだ。

きっと道場での駒之助の敗北は、川向こうの大道寺道介たちにも伝わることだろう。田町の総大将が稽古仕合で打ち負かされて泣きべそをかいた？　武士たる男が情けない。さっさと刀を捨て、村に帰って肥桶でも担いでいろ。それがお似合いだぜ。

道介の高笑いがきこえるようだった。

いや、それ以上に、こちら岸の町にも、駒之助が負けて泣いたという噂が川の波のように広まるに違いない。

大栄屋《だいえいや》のお春《はる》も、きっと噂をきくに違いない。

お春は、それがしのことを、なんと思うだろう？

可哀想？

お春の哀しげな顔が浮かんだ。

嫌だ。お春に、そんな風に憐れみを受けるなんて、男として、なんという恥辱。

恥を受けるくらいなら死んだがましだ。

畜生、道介をこてんぱんに打ち負かしてやる。こてんぱんにやっつけて、道介を笑い者にしてやる。

お春を道介なんかに取られてたまるか。

駒之助は寝返りを打った。

母屋の囲炉裏端の方から、文史郎たちの笑い声がきこえる。姉貴の如月の声も混じっている。

きっと、昼間の駒之助の醜態を笑っているのだろう。

あの優しい姉貴までもが。

畜生畜生。

いまに見ていろ。いつか、あいつらが見返すようなでかいことをやってやる。

母屋の厩で馬たちが鼻を鳴らし、身動《みじろ》ぐ気配がした。

戸外には風が吹き、雨戸を揺らす。

北からの空っ風が吹き出しているのだ。

隣の蒲団から父上と母上の静かな寝息がきこえる。

駒之助は、闇夜にぱっちりと目を見開き、外の風の気配に耳を澄ました。

そろそろ那須の山を越えて、風の剣士《サムライ》がやって来る。風の剣士に弟子入りし、俺も諸国を巡り、修行を積む。立派なサムライになって、故郷に戻り、お春を迎えに行くんだ。

駒之助は、何度も自分にそう言い聞かせるのだった。

三

文史郎は愛馬シロを神社近くの空き地の木に繋いだ。

如月と弥生を馬から抱き下ろした。ようやく弥生は文史郎の腕に抱かれて降りたが、すぐに大門に駆け寄り、抱っこしてもらっている。

文史郎は如月を伴い、那須神社の参道に足を踏み入れた。

参道には那須神社の幟《のぼり》がたくさん立てられ、参拝客を迎えていた。

参道の両側には、飴屋や饅頭《まんじゆう》売り、篠餅売り、女ものの小物売り、絵草紙や赤表紙売り、さらには、坂東名物の蟇《がまの》 油《あぶら》売り、占い師などの店が開いていた。

大勢の子供や親たち、町家の娘や手代、丁稚《でつち》、さらには、武家娘や女中衆、侍や足軽などさまざまな人々が店に立ち寄ったり、見物している。

境内には、見せ物小屋が建ち、おどろおどろしい化け物の絵の前で、呼び込みの若い衆が見物客たちを誘っていた。

隣の空き地では軽業師が、大勢の見物客に囲まれ、人間ハシゴやらとんぼ返りやらを披露し、やんやの喝采を受けている。

まだ日は高く、風はなく、春のような陽気だった。

文史郎はそぞろ歩きで、大勢の参拝客たちに混じって、本殿へと進んだ。

弥生を抱えた大門だけが、遅れがちだった。弥生があれこれぐずり、いろいろな店に寄り道するためだ。

左衛門も如月も、のんびりと祭りを楽しんでいる。

如月は大島《おおしま》 紬《つむぎ》の留袖《とめそで》を着て、島田の髷《まげ》に、文史郎が江戸土産《みやげ》に買ってきた粋な 簪《かんざし》を差していた。

如月は地味な着物姿にもかかわらず、人込みにいても、ぱっとその場所だけ花が咲いたように華やいで見えた。

通り過ぎる男も女もが、立ち止まり、あるいは如月を振り返る。

文史郎が先に歩き、その三歩あとを如月が歩いた。左衛門がまるで付き人のように、如月に付き添っている。

その後ろ、かなり離れて大門が弥生を抱いて歩いて来る。

藩主だったころ、お忍びで庶民の町を歩いたことはあるが、こそこそとしていて、ゆったりとした気分ではなかった。いつも、藩主であることを隠し、目立たないようにしていた。

江戸では、両国橋の広小路とか神田の明神様の祭礼で、祭りを楽しんだことがあるが、藩主でなくなってからの在所の祭りは初めてのことだった。

文史郎も裁着袴姿ではあるが、それは乗馬のためで、小袖は普段着のままだ。大勢の参拝客に紛れれば、目立つ格好ではない。

行き交う参拝人の中には、藩主時代に顔を見知った家臣や中間《ちゅうげん》、小者たちもいるはずだが、誰も声をかけて来る者はいなかった。

江戸にいるはずの若隠居が在所にいるはずがないとか、元藩主の文史郎においそれとは声をかけられない、畏《おそ》れ多いとでも思っているのか。

それとも、すでに過去の人間として、家臣たちに忘れられてしまったのか。

文史郎は気楽ではあったが、いくぶん寂しくもあった。

文史郎は神殿の前に立ち、祭壇に向かって、二礼二拍一拝した。

如月は文史郎の傍《かたわ》らで、小銭を賽銭箱に放り込み、長々と手を合わせていた。

如月の横顔は、ふくよかで優しさに満ちていた。

左衛門も神殿に深々と頭を下げて祈った。

「何をお願いしていたのだ？」

「……内緒。願い事がかなえられなくなるから」

如月は文史郎をちらりと流し目し、微笑んだ。

いきなり空き地の方角で騒ぎが起こった。

「喧嘩だ」「喧嘩だぞ」

大勢の声がきこえた。

参道に大門の黒髯が見えた。人波に揉まれながらも平気な様子で神殿の方角に歩んで来る。

先刻まで軽業師が大道芸をしていた付近で人だかりができていた。

「おう、若い者は元気ですなあ。祭りに喧嘩はつきもの」

左衛門は遠目に喧嘩の輪を眺めながらいった。

伸び上がって眺めると、喧嘩は大勢の少年たちが入り交じってやっている。

「もしや駒之助が……」

如月の顔が曇った。文史郎は左衛門にいった。

「爺、駒之助がいないか、見て参れ」

「しからば」

左衛門は老体とは思えぬ動きで、さっと身を翻し、腰の刀を押さえて、喧嘩騒ぎの輪の中に駆け込んで行った。

「心配だ。如月、行ってみるか」

文史郎は心配顔の如月を従え、野次馬が群がった人垣に歩み寄った。

「なにが、サムライなんだあ？　かっこつけてっぺな」

「んだんだ。そんなへなちょこ、やっちまえ」

「だいたいが、川向こうからのこのこ遊びにやって来るのがいかんべ。さっさと尻を捲って帰れ帰れ」

町人の若い衆は口々に野次《やじ》っている。

「済まぬな。ちょいと通してくれ」

文史郎が町人たちの人垣に割って入った。

それまで侍の悪口をいっていた連中が、文史郎の姿を見て、こそこそと道を開いた。

左衛門の後ろ姿が見えた。

町人の少年たちは棒切れ、竹槍を手に、相手と向き合っている。

相手はきちんとした身形《みなり》の侍の子弟たちだった。全員が背に龍の字が書かれた揃いの青い羽織を着ている。

侍の子弟たちは、七、八人で、一塊《ひとかたまり》になり、いずれも手に木刀を構えている。

町人の少年たちは、二十人を軽く越えている。郷士の子弟もいれば、職人の子や人夫の子もいる。服装はばらばらだ。

数の上では町人たちの方が優勢と見えた。

すでに数人が怪我をしている様子で、蹲《うずくま》ったり、仲間たちに介抱されていた。

町人の少年たちの先頭に立っているのは、見覚えのある縞柄の小袖に裁着袴姿だった。

「まあ駒之助が、あんなところに」

如月は文史郎の腕にすがった。

駒之助は胸を張り、頭一つは背丈が高い若侍と向き合っていた。

「駒之助、よくも青龍会の同志を傷《いた》めつけてくれたな。今日は、そのお返しに来た」

「なにいうか、大道寺、卑怯だろう。なぜ、堂々と果たし合いに応じない。逃げ隠れしておいて、突然に神聖なる那須神社の祭りの日に、我ら草莽隊に不意打ちするとは、卑怯千万ではないか」

「笑止《しょうし》。おぬしら、藩からのお達しで、我らが私闘を禁じられているのをよく知っておるのに、果たし合いを申し込んでいるではないか。我らが果たし合いに応じて、おぬしらと戦えば、藩命に背《そむ》いたとして、我らは厳しく罰せられる。それを知っているのに、無理難題を押しつけてくるおまえらこそ、卑怯千万だろう」

ほう、大道寺道介の言い分にも一理あるなあ、と文史郎は感心した。

「何をいうか。藩命は、あくまでおとなの藩士に下されたものだ。元服前の子供の俺たちには適用されるはずがない。藩命を盾にして、我ら草莽隊の挑戦を受けないということこそ、武士の風上におけぬいくじなしではないか」

駒之助が背の高い大道寺道介に一歩も引かずに言い返した。

「まあまあ、双方とも待て」

左衛門が二人の間に割り込み、両手で両者を制した。

「なんだ、爺じい。関係のない爺じいは後ろに引っ込んでいろ。怪我をするぞ」

大道寺道介は大声で左衛門に怒鳴った。

途端に左衛門の手が大道寺道介の頭に飛んだ。

「痛て」

大道寺道介は頭を手で押さえた。

「何をいうか！　馬鹿者！　それが年長者に向かっていう言葉か」

仲間たちが血相を変え、左衛門に木刀の切っ先を向けた。

「これが城代家老の小倅《こせがれ》か。情けない。わしが、おぬしの親父に説教してやる。日新館で、この馬鹿者たちを鍛え直せと。でないと、那須川藩は、天下に恥を曝《さら》すぞと」

藩士の子弟たちは、どうしようか、とうろうろした。

「……失礼いたした。どちらのご老体か知らないが、つい言い合いに夢中になり、とんだご無礼を働きました。お許しください」

道介は素直に左衛門に謝った。

駒之助はそれ見たことか、とにんまりしている。

左衛門は大音声《だいおんじょう》でいった。

「ここは神聖なる那須神社の境内だ。そこで喧嘩をしようなどとはとんでもない。天からの罰《ばち》が当たるぞ。藩の掟で喧嘩はご法度《はっと》であろう。双方とも、得物を仕舞い、おとなしく引き揚げよ」

「しかし、ご老体、この争い、どうしても決着をつけとうござる」

大道寺道介は駒之助を睨みつけた。

「それがしもだ。こやつのこと、許せぬ」

駒之助もあくまで胸を張っていった。

「分かった。双方、決着をつけたいと申すなら、大将同士、正々堂々と天下に恥じぬ仕合をやればよかろう」

左衛門は二人を睨みながらいった。

道介と駒之助は、ともにうなずいた。

「拙者、異存はない」

「それがしも、異存なし」

左衛門は続けた。

「この那須神社では、秋の大祭のあと、武術の奉納仕合を催すことになっていたな。その奉納仕合で両者、闘って決着をつければよかろう」

「奉納仕合でござるか？」

道介は左衛門に確かめた。駒之助は喜んでうなずいた。

「それがしは、結構。大道寺道介、奉納仕合で決着をつけようではないか」

「……よかろう。拙者も異存なしだ。青龍会と、百姓の会、どちらが強いか、そこで決着をつけよう」

「草莽隊だ。馬鹿にするな」

「何が草莽だ。風の剣士とやらの真似をしおって」

道介は馬鹿にしたように吐き捨てた。

「風の剣士を馬鹿にすると承知しないぞ」

駒之助が道介の胸ぐらを摑もうとした。

左衛門が割って入った。

「駒之助、引け。奉納仕合まで待て」

道介は左衛門に向き直った。

「ところでご老体。貴殿の身分とお名前をおききしたい」

慇懃無礼《いんぎんぶれい》な訊き方だった。左衛門はにんまりと笑いながらいった。

「拙者、篠塚《しのづか》左衛門忠輔《ただすけ》。元藩主若月丹波守清胤様の傅役《もりやく》だ。おぬしの親父に尋ねればよかろう」

「…………」

大道寺道介は、仲間たちと顔を見合わせ、引き揚げはじめた。

「追うな。手を出すな」

駒之助が町の子たちに命じた。町の子らは不満そうだったが、渋々と駒之助に従った。

おう、駒之助も道介もやるではないか。

文史郎は腕組をし、道介を先頭に堂々と引き揚げて行く青龍会の少年たちを見送った。

弥生を肩車した大門が大股で人込みの中から現れた。弥生は大門の首にしがみつき、嬉しそうに声を出して笑っている。

「おかかさま、あたし、熊さんに乗っているのよ」

如月が呆れた声を立てた。

「まあ、弥生、女の子が肩車なんかしてもらって。はしたない」

「まあ、いいではございませんか。この年ごろに男子も女子もあるまいて」

左衛門も引き揚げて来た。

「殿、ようやく、双方とも話をきいてくれて、引いてくれましたが、はたして、これから奉納仕合まで、おとなしく収まっているかどうか」

「爺、奉納仕合などとよく機転が利いたものだな。知らなかった」

「いや、どうやって、この場を収めようかと思ったら、毎年秋の終わりに、この神社で行なわれる藩の奉納仕合があるのを思い出したのです。子供たちの合戦を収めるには、大将同士が闘うのが一番と思いましてな」

「ははは。子供たちの合戦か。懐かしいな」

子供のころの戦を思い出した。戦ごっこではない。ほんとうの喧嘩の戦なのだ。

信州にもあったし、江戸でもあった。

大勢での合戦は危険ではあったが、おとなになりかけの子供にとって血湧き肉躍る遊びなのだ。

互いに怪我人を出し、痛い思いをしながら、喧嘩の無意味さ、戦の恐さを身に染みて覚える。男なら誰でも通らねばならない、おとなへの通過儀式だ。

左衛門も囁いた。

「殿、思い出しますな。婿養子になり、初めての在所入りをなさった夏、地元では同じように台町の子供たちと、田町の子供たちが河原で石合戦をしていたではないですか。殿はおもしろがって、城の窓から遠眼鏡で見物していた」

「まだ続いておるのだな。感心感心」

文史郎は、ふと鋭い視線を首筋に感じて振り返った。ちりちりと首の肌を刺すような強い視線だった。

神殿に参拝に向かう人々と、参拝を終えて帰る人波が行き交っていた。

視線はいつの間にか、ふっと消えていた。

「殿、何か？」

左衛門が文史郎の態度に気付いて、人込みを睨んだ。

「いや、なんでもない。誰かに見られたように思ったが、気のせいだろう」

文史郎は如月を見た。如月は笑いながら、大門の首にしがみついた弥生の着物の乱れを直していた。

四

陽が西の山際に隠れ、あたりは次第に薄暮に覆われはじめた。茜色に染まっていた那須山の連なりも薄暗く沈んでいく。

櫓《やぐら》の上で太鼓が打ち鳴らされた。

その音を合図にして、堆《うずたか》く積まれた藁束《わらたば》の山に、町の若い衆の手で松明《たいまつ》の火が点《つ》けられた。

炎がめらめらと燃え上がり、燃えた藁の火の粉が青みを増す空に舞い上がって行く。

神主が炎の前の祭壇で、大きく榊《さかき》を振るい、祝詞《のりと》を上げている。この一年の五穀豊穣を神様に感謝し、さらなる年の無病息災を祈る儀式だ。

焚き火を取り囲む町の衆、村の衆、誰もが手を合わせていた。

文史郎も自然に燃え盛る炎に向かい、手を合わせた。この幸せが、このまま永遠に続きますように。心の中で祈った。

隣で如月も手を合わせている。

左衛門も大門も小さな弥生までもが、炎に向かい敬虔《けいけん》な面持ちで祈っていた。

文史郎は碧さを増していく天空を仰ぎ見た。

火の粉が蛍火《ほたるび》のように揺らめき、点滅しながら舞い上がり、無数の星々に交じり、消えて行く。

文史郎も如月も、その炎の美しさに見とれた。左衛門や大門も呆然と立ち尽くしていた。

再び、櫓の上で太鼓が鳴り響いた。

それを合図に両手に火の藁束を持った褌《ふんどし》姿の若い衆たちが、炎の周りで一斉に駆け回りはじめた。喚声を上げて、互いに炎の藁束で相手を打ち合っている。藁の炎と炎がぶつかり合い、火の粉となって飛散する。

火の打ち合い。

勇壮な火の神の闘い。

周囲に水が入った桶が用意されており、女たちが火の粉を被った男たちに手桶の水を浴びせかける。

水の飛沫《しぶき》が炎に映えて輝き、炎をさらに燃え立たせる。

またも太鼓が打ち鳴らされた。褌姿の男たちは火のついた藁の松明を手に、一斉に那珂川へ向かって走り出した。

薄暗くなった中を、真っ赤な炎の流れが、奔流となって那珂川の河原へと下っていく。

「まあ、きれい」

如月が思わず声を洩らした。

文史郎も左衛門、大門も声もなく炎の饗宴に見とれた。

那珂川の河原に到達した炎の隊列は、暗い川の水面をきらきらと照らしながら、川に吸い込まれて消えて行く。

火の神と水の神の融合と和解。

駒之助は炎となって燃える藁束を手に、川の深みに飛び込んだ。

一瞬にして炎は消え、水音を立てる。

「六根清浄《ろっこんしょうじょう》、六根清浄」

期せずして、真言《しんごん》を唱える声が上がった。

裸の肌を灼《や》いていた痛さも立ちどころに消えて、水の冷たさに軀が凍る。

いっしょに、あるいは続けて飛び込んで来る仲間の少年たちの軀が水間に蠢《うごめ》く。

抜き手を切って岸に泳ぎつき、河原に上がった。仲間たちもつぎつぎに川岸に上がって来る。

「寒かんべえ」「寒びい寒びい」

駒之助も仲間たちも自然に軀が震えて止まらない。

「六根清浄、六根清浄」

威勢のいい若い衆が真言を唱えながら、天空に炎を上げる焚き火に向かって駆け戻って行く。

駒之助たちも気を取り直し、若い衆のあとを追って、一斉に駆けはじめた。

「六根清浄、六根清浄」

駒之助たちも、意味は分からなかったが、若い衆たちが唱える真言を口にしながら、暗い岸辺の小道を走りに走った。

燃え盛る焚き火の傍《そば》に戻った。焚き火の炎は、肌が痛いほどに熱かった。たちまち冷えた軀の半分は生き返った。顔や胸の表を温めると、今度は炎に尻を向け、残り半身を温める。そのくりかえしだ。

「はい。駒之助さん、甘酒を召し上がれ」

駒之助は、その声にはっとして振り向いた。

杓《ひしゃく》を手にしたお春の顔があった。

焚き火の明かりを浴びてお春の顔は赤く輝いていた。

留袖に白い襷《たすき》をかけ、前垂れをつけていた。お春の白い丸顔が駒之助に笑いかけていた。

「はい。冷たかったでしょう?」

「いや、こ、こんなの、へ、平気だ」

声が震えて止まらない。我ながら痩せ我慢もいいところだ。

お春はくすくす笑い、仲間たちにも甘酒の枡《ます》を配る。

「はい。お疲れさま」

おとなびたお春に、駒之助はどぎまぎしながら、お春が杓で桶から掬って入れてくれた枡の甘酒を啜った。温かかった。心底冷えた軀が内から温まる。じんわりと甘さが舌に広がる。

「もう一杯、いかが?」

お春の声に急いで枡の甘酒を干し上げた。

空《から》にした枡を差し出すと、お春が囁いた。

「今度、奉納仕合にお出になるんですって?」

お春は誰からきいたのだろう、と思いながら、黙ってうなずいた。

「相手は道介様ね」

お春の目に炎が映え、揺らめいていた。

誰か女の声がお春を呼んだ。お春は、はーい、いま行きます、と返事をしながら、駒之助の枡になみなみと甘酒を注いだ。

引き揚げ際に、お春は駒之助に、そっと囁いた。

「勝って。お祈りしてます」

お春はそう言い残すと、おとなたちの許《もと》へ小走りに走って行った。お春の香りがかすかに鼻孔をくすぐった。

「駒之助、よかんべな。お春はおめえに気があんな」

「よかんべよかんべ」

仲間の少年たちは、駒之助を冷やかし、囃し立てた。

「んなことはねえ。俺はあんななよなよした女子は嫌いだ」

駒之助はふんと鼻で笑い、甘酒を啜った。甘さに混じって、ほんのり、ほろ苦い味がした。

駒之助がお春と出会ったのは、一年前、浄明寺《じようみようじ》の寺子屋であった。

寺子屋では、浄明寺の住職が六、七歳から九歳までの幼児に読み書き算盤《そろばん》を教え、十歳から十七、八の青少年には、大鷹老師が四書五経や和漢の詩歌を教えていた。

お春は寺子屋の住職を手伝って、幼い子供たちの面倒を見ていた。お春たち女の子も、駒之助たち男の子とは別に、読み書きをはじめ、百人一首による和歌作りや詩歌の手ほどきを受けていた。

駒之助は、初めてお春を見かけたとき、朝夕の挨拶をしただけなのに、なぜか、顔が火照《ほて》り、胸の鼓動が高鳴った。

お春は、そのとき、駒之助と同い年の十三歳だった。

駒之助は、それ以来朝一番に寺に駆け付け、大鷹老師の講義を受講した。僧坊の表で、幼子たちの世話を焼いているお春を一目見たいという一心からだった。

午後には、道場での稽古があり、手伝いが終わったお春が、ときどき稽古の様子を覗くこともあった。

人伝えに、お春が町一番の大尽の米問屋で、江戸で蔵元もしている大栄屋の一人娘だと知った。

お春には長男で跡取り息子の健太《けんた》がいるので、いずれお嫁に行く。

駒之助は自分がおとなの男になったら、身分は違うが、お春を娶《めと》りたいと心の中で思った。それには、お春から尊敬されるサムライになりたい、と思うのだった。

それなのに、昨日は文史郎相手に、なんとみっともない醜態をさらしてしまったことか。

嬉しいことに、お春は昨日の出来事を知らなかったのか、駒之助に一言も慰めの言葉もからかいの声もかけなかった。いずれ、お春も知ってしまうとは思ったが、そのときはそのときだ。

大道寺道介との奉納仕合について、誰から耳にしたのか分からないが、お春が「勝って」と囁いて離れていったのは、何より、うれしかった。

お春は俺を応援してくれている。

そう思うだけで、駒之助の心はほっこりとするのだった。

城代家老大道寺道成の倅の道介が、お春に思いを寄せていることは、駒之助も知っていた。

大道寺家が人を介して、お春の親たちに、道介との婚約を打診した。もちろん、町人のお春をしかるべき武家の養女とすることはいうまでもない。お春の親たちは、将来を考えて、城代家老大道寺家との縁結びができるなら、と道介とお春の婚姻を望んでいた。

肝心のお春は、まだ早い、お嫁に行く気持ちはない、と頑《かたく》なに断っていた。

それだけに、俺は、なんとしても道介に勝つ。勝ってお春を嫁に迎えたい。

駒之助は、誰にもいわなかったが、心に深く、そう誓っていたのだ。

五

大道寺道介は、城壁の上に立ち、炎の奔流が暗い那珂川に入って消えるのを眺めていた。

炎の舞が美しい。火の光に照らされ、町の若い衆の裸身が見え隠れしている。

青龍会の仲間の少年たちも、夜の闇にくりひろげられる火の饗宴に声もなく見とれていた。

那須神社の裏手に燃え盛る火の手は、炎を立ち上らせ、無数の火の粉を天空に撒き散らしている。

羨ましかった。

町の子らは、おとなたちといっしょに火祭りに興じている。

なのに、なぜ、サムライの我々は、彼らといっしょに火祭りに参加することができないのだ？

那須神社の祭りは町人や農民百姓たちだけのものなのか？

道介は腕組をして、暗闇を睨んだ。

川への火の奔流は終わり、裸の男たちの影は焚き火の周りに戻りはじめている。

男たちを出迎える女たちの影が焚き火の周りを動き回っている。

あの中には、お春もいるのだろうか？

きっといる。

道介がお春を見初《みそ》めたのは、一年前、大道寺道成が日頃、懇意にしている商家や豪農の子女たちを招いてのお茶会の席であった。

大勢の娘たちの中で、お春は御点前《おてまえ》もうまく、礼儀作法も楚々とし上品で、一際美しく人目を惹いていた。口さがない奥女中たちも、お春には武家娘に勝るとも劣らない気品と風格があったと評判だった。

お春は、道介よりも一つ年下の十三歳だと知った。

道介は、お茶会などは男の嗜《たしな》みにあらずと思っていたが、お春を見初めてからは、言説を変えた。

以来、率先してお茶会には出席し、お春の立てるお茶を味わうのを楽しみにした。

道介は元服したら、正式に大栄屋の両親の許《もと》へ結婚の申し込みをしたい、と思っていた。

その最中、仲間の一人から、町家の悪童どもを率いる駒之助が、お春に思いを寄せているという話をきいた。駒之助は、高久村の郷士小室作兵衛の倅だ。

お春も駒之助を憎からず思っているときいて、道介はかーっと頭に血が昇った。

駒之助は町道場の大鷹道場で、おとなの門弟に混じって、かなりの腕前にあり、少年ではあったが、高弟となっているときいた。

師範の大鷹元勝は、一《ひとつ》の流れを汲むというふれこみの儒学者で、かなりの年齢の年寄ではあったが、剣の達人ということだった。流派は無手勝流と自称しているが、どうやら鹿島新当流《かしましんとうりゅう》こと卜伝流《ぼくでんりゅう》ではないか、といわれている。

卜伝流か。

神道無念流の剣と、鹿島新当流と、どちらが強いか、俺が試してやる。

奉納仕合で勝負をつける。いいだろう。駒之助をグウの音《ね》も出ないほど打ち据えてやる。二度と再び、お春に顔を合わせることができないほどの恥辱を味合わせてやる。

「道介殿、引き揚げましょうぞ。見ているだけでは、つまらない」

青龍会の副隊長の金子《かねこ》がいった。

「よし。解散。引き揚げだ」

道介はうなずいた。

「馬鹿馬鹿しい。帰って風呂でも浴びて、飯を食って寝る」

道介たちは城壁から飛び下り、武家屋敷街の細い通路を歩き出した。それぞれに別れて、自分の家へ急いだ。

それにしても、と道介は風呂に浸かりながら考え込んだ。

道介たち武家の子弟で作った青龍会に対抗して、駒之助は草莽隊という百姓の集まりの少年隊を組織した。なぜ、草莽と名乗っているのか？

道介も漢籍は藩校の日新館で学んでいるが、草莽などという言葉はきいたことがない。漢籍の師は、草莽の意味は知っていたが、漢籍の中に、草莽の民といった言葉は見たことがない、といっていた。

だが、最近、長州の儒学者吉田松陰が、その草莽の民について独自の言説を唱えているらしいとも。それ以上、師は詳しくは吉田松陰について語らなかった。

藩に伝わる噂では、風の剣士《サムライ》が、名をきかれ、「草莽の臣」と名乗ったといわれる。

駒之助は、日ごろ、仲間たちに風の剣士に憧れているといっており、どうやら、駒之助は風の剣士を気取って、草莽隊と名付けたのだろう。

風の剣士なんぞの、どこがいいのか？　会ったことも見たこともない。父上は御存知なのだろうか？

それに、今日、仲裁に入った老人は、父上のことを知っている口振りだった。

篠塚左衛門忠輔。元藩主若月丹波守清胤の傅役だとか？

湯にのぼせて、頭がくらくらしてきた。

道介は風呂から勢い良く上がった。

風呂桶から出た途端に、一瞬立ち眩《くら》みした。

道介は傍らの水桶から手桶で冷たい水を掬い、頭から浴びて逆上《のぼ》せた頭を冷やした。

食事の間は、口を開いて話をしてはいけない。子供のころから、そう厳しく躾《しつけ》られている。

道介は父と向き合い、膳の皿や器の料理を一つひとつ摘んでは、口に運んだ。碗を持ち、玄米御飯を頬張っては、よく咀嚼《そしゃく》した。

最後の番茶を啜り、気持ちを落ち着けた。

道介は夕餉を終え、女中が膳を下げたあと、思い切って、父に話しかけた。

「父上、ぜひ、おききしたいことがあります」

「なんだね、突然に、あらたまって」

大道寺道成は胡坐をかき、息子の道介に顔を向けた。

母の征子《まさこ》が盆に急須を載せて運んで来た。

父の道成の傍らに座り、急須で茶を湯呑み茶碗に注いだ。

「今日、田町で篠塚左衛門忠輔なる老侍にお目にかかりました。御存知かと」

「篠塚左衛門？　はて？」

道成は首を傾げた。

「前藩主の若月丹波守清胤様の傅役と申されていました」

「…………」

道成は口に運んでいた湯呑み茶碗を止めた。含んだ茶をごくりと喉を鳴らして飲んだ。

「なに、傅役の篠塚左衛門が田町にいたと申すのか？」

「はい」

「どこで会った？」

「那須神社の境内です。お祭りを見に来ておられたようです」

「その老侍といっしょに、誰かいなかったか？」

「そういえば、黒髯の侍と、もう一人女連れの中年の侍がおりました」

「髯の侍？」

「はい。大柄で鍾馗《しょうき》様を思わせるような侍でしたが、子供を肩車している様子から、見かけよりもきっと優しい男なのでしょう」

「もう一人の女連れと申す侍は？」

「……それがし、どこかで見た覚えがあるような侍でした」

道成は怪訝な顔をした。

「もしや、前の殿の若月丹波守清胤様かもしれぬ。おぬしはまだ稚《おさな》かったから、よく殿のことを覚えておらぬかもしれないが」

「そういえば、そうかもしれませぬ。藩士ではなく、この地の郷士とも思えませぬ。明らかに余所者《よそもの》で、上品な着物を着た武家でした」

「その武家様といっしょにいた女子というのは、どのような御方でした？」

母の征子が急須のお茶を道介の茶碗に注ぎながら訊いた。

「町家の女とはまるで違う綺麗な御女中でした。商家のお内儀さんではなさそうでしたし、髪型からいって町の女ではなさそうだし、上品で、どこか武家の女子のようでいて、かといって武家の女ではなさそうな」

「ははは。道介は、まだ子供だのう。女を知らぬから、町の女も、商売女も、武家の女も見分けがつかぬのではないか」

道介はむっとした。

「父上、そんなことはありません。それがしとて、間もなく元服する身、女子を見る目くらいは身に付けております」

「まあ、頼もしいこと」

征子は口に手をあてて笑った。

「そうですねえ。道介が見初めたお春はほんとうに商家の娘には珍しく気立てのいい女子ですものねえ。躾れば、きっといい武家の娘になることでしょうよ」

道介は母の征子が早くもお春を呼び捨てにしていることに少々腹が立ち、むっとした。

「もしや、いっしょにいたのは、小室作兵衛の娘、如月殿かもしれぬな」

征子は驚いて道成に向いた。

「あの御手付きになった奥女中の如月ですか」

「うむ。若月丹波守清胤様が、傳役の左衛門殿を連れて、お忍びで在所に戻っておられるとしたら、きっと如月の実家だ。そうに違いない」

道成は腕を組んで思案した。

「奥、すぐに田島《たじま》を呼べ」

「はい。ただいま」

征子は急いで立ち上がった。急ぎ足で居間を出て行った。

「父上、前藩主様は確か引退なされて、府内でご隠居となられていたとおききしてましたが、なぜ、突然、内密に在所にお戻りになられたのか？」

「そうなのだ。それを田島に調べさせる。もしかすると、陰謀をめぐらし、また御家の騒動の種を作るやもしれぬのでな」

「御家騒動ですか？」

「道介、まだ、おぬしは知らないでいい。藩の政治のことだ。若造のおぬしたちの口出しは無用だ」

「はい」

道介は黙った。いつもおとなは、自分の都合が悪くなると、我々を子供扱いする。

「父上に一つお願いがあります」

「なんだ？」

「来月の那須神社での奉納仕合に、それがしを出させてください。郷士の分際で、町道場で天狗になっている男と立ち合いたいのです」

「その相手というのは誰だ？」

「駒之助。小室作兵衛の息子の駒之助です」

「なに、小室作兵衛の息子と立ち合いたいというのか」

道成は笑った。

「よかろう。執事の田島に手配させよう。しかし、なぜに、突然、立ち合うことになったのだ？」

「我ら上士の青龍会に、郷士の分際で楯突くのです。百姓たちの草莽隊とやらを作って、その大将が駒之助。その鼻をへし折ってやろうと」

「いま、なんと申した？　草莽といったか？」

「はい。草莽隊です。それから、いま一つ、父上にお訊きしたいのですが。風の剣士とは、いったい、何者なのですか？」

道成は顔色を変えた。

「……おぬし、誰から、その風の剣士のことをきいた？」

「巷《ちまた》の噂です。毎年、冬も間近になると、那須山の峠を越えて、風の剣士がやって来ると」

「……うむ」

「風の剣士は名を尋ねても名乗らず、ただ草莽の臣と名乗るときききました」

「滅法剣に強く、子供の中には、芒ヶ原で風の剣士が槍の豪傑と立ち合い、一撃の下に斬り捨てたのを見たという者もいるそうで。駒之助は、その風の剣士に憧れ、草莽隊と名乗ったのではと思われます」

「ほかには？」

道成は道介に向き直った。

「道介、いいか。申しておく。風の剣士には、いっさい触れるな。騒ぐな。ただの噂として聞き流しておけ。無用な詮索はするな」

「父上、なぜです？」

「なぜでもいい。わけは訊くな。わしが命じるのだ。風の剣士とは関わりを持つな。いいか」

「はい」

道介は不承不承、うなずいた。

どうして風の剣士のことを尋ねては駄目なのだ？

道介は、かえって、風の剣士について知りたくなる気持ちを抑えられなかった。

廊下に足音がした。

「御館《おやかた》様、お呼びでございますか」

執事の田島が正座して頭を下げた。

「うむ。待て。道介、大事な話だ。席を外せ」

「はい。では御免」

道介は田島に一礼し、そそくさと部屋をあとにした。

父上は、何か隠している。それも、大事なことを。

道介は父親に対する不満で一杯だった。

六

農家の朝は早い。まだ暗いうちから、人々は起き出し、女たちは朝餉の準備をし、男たちは朝餉前の畑仕事や農作業を始める。

今日も紺碧の空が広がっていた。

全山錦色に紅葉した那須連山は静かな佇まいで秋の日差しを浴びていた。茶臼岳から薄い噴煙が棚引いている。

文史郎も早起きし、朝の素振りの代わりに、薪割りに精を出した。間もなくやって来る寒い冬に備えて薪を作らねばならない。

家の下男や作男たちが、近くの雑木林から伐《き》り出した櫟や楢、杉や松の枝を払って炭焼き用の薪を作る。

太い木の幹は鋸《のこ》を引いて一定の長さに切りそろえる。切りそろえた幹に、鉞《まさかり》を振るい、縦に割って薪を作る。

薪割りの音に左衛門も大門も起き出し、眠い目をこすりながら、文史郎の作業に加わった。

下男や作男たちは、薪を背負子《しょいこ》に載せて、裏山の炭焼き小屋に運ぶ。そこで炭焼き竈《かまど》に薪を入れて火を点け、竈を密閉する。そうやって薪を蒸し焼きにして木炭を作る。

駒之助も早起きし、父作兵衛や作男たちといっしょに畑に出て、大根を引き抜いていた。

男たちは収穫した大根を近くの小川に運ぶ。小川のほとりには、祖母のマツや母都与、如月、下女、手伝いの作女たちが並んで、大根を川の水に浸け、藁のたわしでごしごしと洗う。

洗った大根は軒下や柵に吊して天日乾しにする。その後、樽や桶に詰めて塩漬けにし、蓋の上に重しを載せて、長期間保存して、たくあん漬にする。これは女たちの仕事だ。

それが一段落すれば、女たちには二階や屋根裏でのおかいこさんの世話が待っている。かいこがさなぎになる時期、さなぎを茹で、生糸《きいと》を紡《つむ》ぎ出す。紡いだ生糸を機織《はたお》り機にかけて、夜業《よなべ》仕事で絹織物を織る。

一方、男たちはといえば、牛馬を使って畑の土起こしをし、春の作付けの準備を怠らない。

さらに、藩の賦役もあって、作兵衛たちは灌漑工事に出て労働しなければならない。毎日が、このくりかえしだ。いくつ軀があっても足りない。

季節によって取り入れる作物は違うが、農家の仕事は、朝早くから夜までほとんど休みなく途切れることもない。

豪農で郷士でもある小室家は、大勢の下男下女、作男作女を雇っているが、それでも仕事はあまりに多すぎて、人手不足だった。

とはいえ、武家生活しか知らない文史郎や左衛門、大門は、彼らの作業の邪魔をするだけで、何をしたらいいのか、気働きもできない。ただ、うろうろするだけだった。

「文史郎様たちは、ただ居ていただけるだけでいいんです。おサムライには農家の仕事は無理というものですもの」

如月はそういって笑う。

しかし、文史郎としては、ただ居候をしているだけでは、どうにも居心地が悪かった。このままでは、作兵衛たちに申し訳ない気持ちで一杯だった。

自分たちは、腰に大刀小刀を差して、侍だ、武士だと威張りちらしているが、農民からすれば、何の役にも立たない、無駄飯食いでしかないのが分かった。

農民がいなかったら、自分たちは米粒一つ作れず、野菜も何も食べられない。

自分たちは、農民に食わせてもらっているのだ。

文史郎は、七、八日、小室家で暮らしただけで、そのことに気付き、武士であることが恥ずかしくなった。

下男や作男たちが、庭に山と積まれた薪を、何本かずつまとめ、手慣れた仕草で藁縄を掛け、薪の束を作っていた。

「爺、わしらはせいぜいが、薪割りをすることしかできないか。つくづく情けないのう」

「殿、そうは申されましても、我らに何ができましょう。生まれたときから、武家に育ち、農家の仕事など一つも知らないのでござるから」

左衛門は頭を振った。

大門が付け加えるように述懐した。

「かといって、我らは、商人や職人の仕事も知らず、歌を唄い踊りをして口銭を稼ぐ術《すべ》とて知らない。せいぜいが、お上《かみ》から扶持《ふち》をいただき、城勤めをいたすか、でなければ、やくざの用心棒でもして、暮らしを立てるぐらいでござろう。まこと情けないものでござる」

　左衛門がうなずいた。

「ただ我ら武士にできることといったら、戦《いくさ》に武器を取って命をかけて敵と戦い、国や家族を守ることとでございますな。それができないようであれば、武士は無用の長物、虫けら以下になり下がるでござろうな」

「ふうむ」

　文史郎は切り株に腰を下ろし、キセルの莨《たばこ》に、焚き火の燃えさしの火をつけて、深々と煙を吸った。

　空気は澄み、煙草の白い煙が微風に揺れながら立ち昇る。

　駒之助が空《から》になった背負子を背負い、炭焼き小屋から戻って来た。作男たちと、楽しそうに談笑している。

　あいかわらず、駒之助は文史郎たちを避けるようにして目も合わせない。話もしないでいる。

文史郎は、どうやって、こうした思いを駒之助に伝え、武士になるのを思いとどめさせようか、思い悩んだ。

いまの思いを駒之助に告げ、武士は無駄な人間だと、いくら口でいっても、きっと駒之助は聞く耳を持たないだろう。

子供のころは誰だって夢を抱くものだ。むしろ、何の夢も持たない子供は不幸せだ。たとえ、その夢がおとなから見て、他愛なく、実現しないだろう、と思われても、子供の夢を奪うべきではない。

左衛門は、文史郎の考えにうなずいた。

「そうですなあ。駒之助がなりたいという憧れを、はじめから駄目だといってしまうのは、いかんかもしれませんな」

大門も顎髯を撫でながらいった。

「そう。拙者も同感ですな。駒之助のサムライになりたいという夢を否定するのは逆効果かもしれませんぞ。かえって憧れをかきたてるのでは？」

「では、どういたそうかのう？」

文史郎はキセルの莨を、もう一服吹かし、思案げに訊いた。

「しばらく、駒之助の夢に付き合ったらいかがでしょうか？」

左衛門がいった。大門もうなずいた。

「それがいいと思いますな。もし、駒之助がサムライになる夢をあきらめねば、それはそれとして仕方がない。いくら親でも駒之助の夢を禁じることはできますまい。もし、駒之助が夢をあきらめるとしたら、本人自身納得してあきらめないと、悔いが残る。後々、後悔することになりましょうからな」

「……うむ。そうだのう。では、しばらく、駒之助の夢に付き合おう。駒之助が、その間に、気付けばよし、もし、気付かねば、それはそれで仕方がない、としよう」

文史郎はキセルの首をぽんと手に打ちつけ、火皿の灰を落とした。

納屋にいる駒之助に目をやった。

駒之助は馬に鞍を付け、作兵衛が出かける支度を手伝っていた。

七

駒之助は悩んでいた。

奉納仕合が一カ月後に迫っているというのに、稽古に身が入らないのだ。

文史郎との稽古仕合で完膚《かんぷ》なきまでに敗北してから、誰を相手に打ち合っても、これでは駄目だと思うばかりで、軀が思うように動かない。

さらに脳裏にお春の顔や道介の姿がちらつき、どうも稽古に集中できない。

こんなことでは駄目だ、と思うと、ますます気合いが入らず、迷いが出てしまう。

大鷹道場の先輩高弟たちと仕合をしても、ほとんど勝てず、まして師範代相手ともなると、これまでは三本に一本は打っていたのに、まるで歯が立たない。

「どうした、駒之助！　そんな腑抜けな闘い方では、道介に勝てないぞ」

「はいっ。師範代」

駒之助は気を取り直して、打ちかかるのだが、たちまち切り返されて、打ち込まれる。

見所の大鷹師範が駒之助に声をかけた。

「それまで。駒之助、いったい、どうした？」

「申し訳ありません。みっともない姿をお見せいたしまして」

駒之助は見所の前に座り、大鷹師範に謝った。

「先刻より、おまえを見ていると、心ここにあらずだな」

「はあ」

「さては、好きな女子ができたな？」

駒之助は図星を差され、頭を垂れた。

「そ、そんなことはありません」

駒之助はそう否定したものの、顔が真っ赤になるのを感じた。赤くなってはいけない、と思うとますます首の周りが熱くなる。

「まあ、いい。誰しも、若いときにはそんなこともある」

大鷹老師は、それ以上駒之助を追及しなかった。

駒之助は内心、ほっと安堵した。

「しかし、駒之助、おぬし、ほんとうに道介に勝ちたいか？」

「ハイッ」駒之助は思わず元気に応えてしまった。

大鷹老師は微笑み、師範代の片岡を呼んで、何ごとかを相談した。

やがて、片岡は頷くと、道場から足早に出て行った。

「しからば、駒之助に秘策を授けよう」

「ありがたき幸せ。師範」

「その前に、裏の井戸で褌一丁になり、水ごりを取れ。身を清めて雑念を振り払うのだ」

「はい」

駒之助は水の冷たさに怖じ気《おけ》を感じた。霜月《しもつき》（十一月）の水は氷のような冷たさだ。

「水ごり十杯。頭から被って、心身ともに清めて参れ」

道場で稽古をしている門弟たちは、老師と駒之助のやり取りをきき、互いに顔を見合わせて、囁き合っている。

「行け」

駒之助は、その掛け声とともに、老師範に一礼すると、道場から飛び出した。

裏手の井戸端で、稽古着と軽袴を脱ぎ、六尺褌一丁になった。ちょうど陽が陰り、寒くなったが、井戸の桶を引き揚げた。

水は思ったよりも温かかったが、それでも水は水だ。思い切って、気合いもろとも、桶の水を頭からざぶりと浴びた。

一瞬、軀が冷たさにかっと熱くなった。駒之助は、井戸へ桶を下ろして、水を汲み上げては、続けて水を被った。

十杯目を被り、己に気合いをかけて、立ち上がった。

駒之助は、生まれ変わった気分になった。

手拭いで全身を拭った。

周りを見回すと人目はなかった。駒之助は濡れた褌をそっと脱いだ。手早く六尺褌を水で洗い、硬く絞った。

　六尺褌をきりりと締め直した。冷たくて少し気持ち悪かったが、締めないよりは気持ちが引き締まる。

　稽古着を着て、袴を穿いて、改めて気分を一新した。

　道場へ駆け戻り、見所の前に進み出た。

　見所には、大鷹老師と片岡師範代が厳《おごそ》かな顔で待っていた。

　道場では門弟たちが稽古を止め、壁際に正座して並んでいた。

　大鷹老師がにこやかに訊いた。

「駒之助、気持ちを入れ替えたか？」

「ハイッ」駒之助は元気よく応えた。

「では、秘策を授けよう」

「ありがとうございます」

「これより、駒之助、おぬしに特別の指南役三人をお願いいたした。ご挨拶せい」

　老師は、そういうなり、後ろに座をずらし、道場の出入り口に頭を下げた。師範代の片岡もいっしょに頭を下げた。

「では、先生方、なにとぞ駒之助のご指導を、よろしうお願いいたす」

いつの間にやって来たのか、道場の入り口に三人の人影が現れた。

駒之助も慌てて入り口に向かって頭を下げた。

「顔を上げい」

その声に駒之助は面《おもて》を上げた。

左衛門が、そして、髯の大門が、最後に文史郎が稽古着姿で立っていた。

大鷹老師が厳かにいった。

「これより、江戸の剣客相談人の三師範より、駒之助に特別指南を教授いたす。駒之助、謹んでご教示願え」

「ははあ」

駒之助は思わず、老師の言葉に三人の剣客相談人に頭を下げた。

文史郎たちは、にこやかにうなずいた。

駒之助は面食らった。

三人三様。剣客相談人の指南は変わっていた。

篠塚左衛門師範が、さっそく駒之助に命じたのは、浄明寺本堂で座禅を組むことだった。

左衛門師範は、座禅の心得を駒之助に語る。

雑念を追い払い、無我の境地になる。

いかなる場になっても、ひたすら無心。

目で物ごとを見ず、目は閉じて心眼《しんがん》で相手を見よ。ひたすら座禅。

左衛門師範は、それだけ駒之助に命じると、本堂に駒之助を一人残して、どこかへ出て行った。

駒之助は一人座禅を組み、小一時間も座っていると、脚は痺《しび》れ、腰が痛む。お春が目に浮かび、道介との立ち合いに思いが馳せる。

姿勢が崩れると、いつの間にか現れた左衛門師範の策《さく》が、駒之助の肩をびしりと叩いた。

そのたびに、駒之助は無我無心に戻る。

左衛門師範は、終わり、と告げた。

その後、駒之助に、毎朝起き際と、寝る前に半刻ほどずつ、必ず座禅を組めと命じた。

左衛門師範の指導が終わり、道場に戻ると、髯の大門甚兵衛師範が待ち受けていた。

大門師範は、無手勝流の極意は、戦わず、逃げることだと心得よ、と駒之助に諭した。

　大門師範は、塚原卜伝が渡し舟の中で、酒に酔った腕自慢の豪傑にからまれた話を駒之助にきかせた。

　卜伝先生は、そのとき、少しも騒がず、舟の中では立ち合えぬ、岸に上がって勝負しようといった。豪傑は、よかろうと、舟が岸辺に着くよりも早く岸に跳び移った。卜伝先生は、それを見ると、棹《さお》で舟を川に出した。豪傑が驚き「卑怯者、逃げるのか。戻れ。勝負しろ」と怒り狂った。卜伝先生は何をいわれても、平気の平左、逃げるが勝ちと笑った。

　見所で大鷹老師が腕組をし、満足そうに笑っていた。

「いいか、駒之助。第一の教訓だ。ことにあたり、逃げるのを恥と思うな。卜伝先生を見習え。逃げるが勝ちだ。負けて勝つという手もあるのだからな」

「負けて勝つですか」

「そうだ。人生には、その場で負けても、あとでは勝ちということもあるのだ。負けて勝つ。これが第二の教訓だ」

　大門は黒い髯をしごいた。

「第三の教訓。逃げるにも、機転が利かねばならぬ。臨機応変《りんきおうへん》。天の利、地の利、水の利、火の利、女子《おなご》の利、なんでも利にして、立ち合え」

「女子の利ですか？」

駒之助は訝った。

「老師におききしたぞ。おぬし、いま、心奪われた女子がおるだろう。その女子が頭にちらついて稽古に身が入らぬ、と。それだ。敵も、きっと女子のことが気になっているはずだ。女子の利を使えば、敵も動揺しよう。その分、おぬしの利になるというものだ」

「はあ」

駒之助は頭を掻いた。

老師には、やはり女子に気を取られていることが分かっておられたのか。

「それから、逃げるには、足が速くなければならん。逃げるが勝ちといっても、敵に追い付かれてしまうようではまずい」

「そのときには、どうしたらいいのでござるか？」

「機転を利かせといったろう。機転で乗り切る。その場での直感勝負だ。臨機応変だ。はじめから、どうするという答はないぞ」

「はい」

「万が一、どうしても、相手と立ち合わざるを得なくなったら、そのときは、仕方がない。闘うしかない。だが、それにも、決して真剣を使おうと思うな。人を斬れば、必ず遺恨《いこん》が生じる。恨みを買う」

「では、どうしろと？」

「これだ」

大門は手にした心張り棒を駒之助に放った。

駒之助ははっしと心張り棒を受け取った。

「刀を抜かず、心張り棒や杖を使え。木刀、袋竹刀でもいい。これらでも、打ち所が悪ければ、相手は死ぬ。だから、決して、相手を殺すな。命を奪うようなことはするな」

「はあ。しかし、刀は人を斬るためにあるのでは？」

「そうだ。だから、ほんとうに強いサムライというのは、刀を抜かないで、相手を負かす。剣気で、相手を威圧し、戦意を喪失させる。刀は抜かないことが大事だ。抜けば、必ず相手を殺すことになる。そのために抜かないで、じっと我慢する。心張り棒や杖で、相手を打ちのめし、刀は使わない。これが、真のサムライの心得だ」

「はい。分かりました」

「では、分かったところで、外へ出て、河原まで駆け足だ」

「はあ？　道場で稽古ではないのですか？」

「道場では稽古にならん。戦は、いつ、いかなる地で起こるか分からない。それには、日ごろから、野山や河原を駆け巡り、心身を鍛えねばならん。さあ、行くぞ」

大門は裸足のまま、心張り棒を手に道場から飛び出した。

駒之助も心張り棒を手に裸足になって、大門を追って駆け出した。

周りできいていた仲間の少年たちも、つられて木刀や袋竹刀を手に駒之助のあとに続いて走り出した。

大門は大男なのに機敏で身軽だった。

道場から走り出ると、川への坂道を駆け下り、那珂川の河原へ出た。

河原の石は丸石が多いとはいえ、走ると足の裏が痛い。

大門は大きな石の上に立ち、ついで、石から石へと飛び移り、河原を縦横に走り回る。

駒之助をはじめとする少年たちは、日ごろ、河原で遊んでいるので、河原を走るのに慣れていた。たちまち、大門に追い付き、追い抜こうとする。

「さあ、ここで棒術、杖術の稽古だ」

大門は大きな岩の上に飛び乗り、大音声で叫んだ。

「みんな、集まれ。わしが振るように棒、杖を振れ」

大門は、そう叫ぶと、びゅうと棒を手でしごき、大上段に振りかざした。

駒之助も棒を大上段に振りかざした。

大門は木刀の素振りのように棒を虚空に打ち下ろす。それを何度もくりかえした。

さらに前後左右に振り回し、打ち落とす。

「ようし。要領は覚えたな。ほぼ棒術の要領は木刀の振り方と同じだ。だが、違うのは、打突の仕方だ」

大門は大上段に棒を構えたまま、駒之助に向かった。駒之助は思わず、その気迫に押され、棒を青眼に構えた。

次の瞬間、大門はその構えのまま動かず、棒を手の中で滑らせ、一瞬にして駒之助の顔に向けて棒を突き入れた。

駒之助は反射的に棒で、大門の棒の突きを叩いて避けた。その瞬間、大門の棒は大きく回転し、唸りを上げて、駒之助の胴を襲った。

駒之助はあっと飛び退こうとしたが、足場が悪く、体を崩した。

大門の棒は駒之助の胴に入る寸前でぴたりと止まった。

「駒之助、これが棒術だ。木刀や刀と違い、どこから襲ってくるのか分からない。臨機応変、敵の隙を見付けて、打突し、打ち込み、打ち回す」

大門は頰の髯を崩し、にっと笑った。

大門は岩の上で、棒を自由自在に振り回し、見えない相手に対して、突きを入れ、打ち下ろし、振り回して打ち込んだ。

棒はびゅんびゅんと空を切って唸り、川の流れの音も一瞬静まらせた。

駒之助も、仲間の門弟たちも、我を忘れて、呆然と、大門の華麗な棒捌《さば》き、体捌きに見とれていた。


文史郎師範の番になった。

駒之助は、大門の稽古で、手足も軀もくたくたに疲れ果てていた。

だが、駒之助は胸を張り、文史郎の前に正座して頭を下げた。

「師範、ご教授をお願いいたします」

「駒之助、初日から、激しい特訓に疲れたろう。無理するな」

「いえ。大丈夫です。これも修行のうちだと思っております」

「うむ。その気構えはよし」

文史郎は木刀を壁掛けから一本取り出した。

「稽古の支度をせぃ」

「はい。ただいま」

駒之助は急いで胴を着け、面を被ろうとした。

「本日は防具はなしでよし。形《かた》の稽古をする」

「はい」

駒之助は胴を着けたまま、壁掛けの木刀を取り、道場の中央に戻った。

少年たちが、壁際に正座し、固唾《かたず》を呑んで文史郎と駒之助を見守っている。

「これより、形を演じる。いっしょについて来い」

「はい」

駒之助は文史郎を見習って、中段青眼の構えをした。

「何も難しいことではない。中段青眼の構えを基本とし、常に、最後にはこの構えに戻るのだ」

「はいっ」

文史郎は、静かに、かつゆっくりと中段の構えから、上段に木刀を振り上げ、一歩踏み込んで、ゆっくりと振り下ろす。

そのまま、さらにもう一歩踏み込み、木刀で仮想の相手の木刀を払い、右中段八相の構えに移った。

くるりと体《たい》を左に回し、左後ろの敵にゆっくりと切り下ろす。

切り下ろした木刀をくるりと返して、流れるような体捌きで、左中段八相の構えに移す。

その構えから右の敵を薙ぐように切り払い、元の中段青眼の構えに戻る。

すべてはゆっくりとした所作だった。

「これは、それがしの得意とするやぐら返しの形だ。覚えたか」

「いえ、まだ、しっかりとは」

「はじめは、ゆっくりと正確に構えの流れを覚えろ。身に深くしみ込むまで、何十何百何千回とくりかえす。素振りをやるようにだ」

「はい」

「そのうち、その形が自然に身につく。意識しないでも、考えずとも、軀が覚えていて、そう動けるようになる」

文史郎は、中段青眼の構えを取った。

いきなり、文史郎の軀が滑らかに素早く動き出した。流れるような所作で、打ち下ろし、右中段八相の構え、くるりと体を回し、左中段八相になったかと思うと右手に木刀を薙ぎ払い、ぴたりと中段青眼の構えに戻った。

文史郎の呼吸はまったく乱れていなかった。

駒之助は啞然として文史郎の剣技に見入っていた。

美しい。だが、恐ろしい。

駒之助は心底、文史郎を尊敬した。

このような剣技の名人と無謀にも立ち合った自分が愚かだと思った。

「駒之助、このやぐら返しは、まだ序の口だ。これを手始めに、さまざまな形がある。その数は四十八手。そのうちの半分でも習得すれば、かなりの遣い手になれる。まず、基本を修練せよ」

文史郎は駒之助に命じた。

「分かりました」

駒之助は畏れ入った。

壁に張りついていた門弟の少年たちも、緊張した面持ちで、文史郎と駒之助のやりとりを見つめていた。

「よし。では、本日は、この形を習得することから始める」

文史郎は駒之助にいい、再び、中段青眼の構えを取った。

駒之助も、慌てて、文史郎の構えを見習った。

それから、ゆっくりと形の修練が始まった。

駒之助は文史郎の一挙手一投足に目をやりながら、同じような動きをしようと真似を始めた。

見所では、大鷹老師、左衛門、大門と片岡師範代が、じっと駒之助を指導する文史郎の動きを見つめていた。

第三話　奉納仕合前夜

一

藩校日新館の道場は静まり返っていた。

門弟たちは凍りついていた。

道介は荒い呼吸をしていた。

稽古相手は道介の前に倒れ、起き上がれないでいた。

「どうした！　貫典《かんすけ》起《た》て！」

道介は怒鳴り、倒れた貫典を袋竹刀で叩いた。

貫典は倒れたままだった。

「道介殿、お待ちください」

門弟の何人かが駆けつけ、道介の前に正座して止めた。その間に、ほかの門弟たちが駆けつけ、貫典を引きずって壁際に連れて行った。

「だらしない。次」

道介は肩で息をしながら、袋竹刀で壁際に座っている門弟の一人を差した。

「それがし、急に腹が痛とうなりまして」

指名された門弟は腹を抱えた。

「次」

「拙者、風邪《かぜ》をひきまして」

「次」

道介は並んだ門弟たちを順次差したが、誰も立とうとしなかった。

貫典がようやく息を吹き返し、激しくむせた。

門弟たちが貫典の背中を撫でたり、大丈夫か、と声をかけていた。貫典はしゃべろうとしたが声が出ず、しきりに喉をさすった。道介の突きが急所の喉元に入ったのだった。

「勝《かっ》、おまえは」

止めに入った同輩の勝之進《かつのしん》に袋竹刀を突きつけた。

「分かりました。それがしが受けましょう」

「よし。支度をせい」

「しばし、お待ちを」

勝之進は何かを決心した様子で壁際に戻り、正座して、胴を着けはじめた。

道介は苛立ち、袋竹刀をびゅうびゅうと振りながら、勝之進を待った。

道介は焦っていた。

町道場を覗きにいった間諜《かんちょう》の報告では、対戦相手の駒之助は、江戸から来た三人の剣客相談人の特訓を受けはじめたという。

駒之助は、一度、剣客相談人たちの頭《かしら》に稽古仕合を挑んだが、たちまちに木刀を巻き上げられ、叩き伏せられた。そこで駒之助は組打ちに持ち込もうとしたが、簡単にかわされ、床に叩きつけられた。あまつさえ押さえ込まれて、気絶したという。

内心、気味がいいと、駒之助を嘲笑《あざわら》った。

さらに、駒之助は気が付くと大泣きしたという。勝負に負けて泣くとは情けない。武士にあるまじき軟弱さだ。

そんな駒之助なら、俺だって十分に勝てるとも思った。お春も泣き虫男の駒之助に愛想をつかすだろう、と思った。

余裕だった。

ところが、つい先だっての報告では、駒之助がその剣客相談人たち三人の特訓を受けはじめたときいて、心穏やかでなくなった。

それから毎日届く報告では、駒之助は、今日は浄明寺の本堂で座禅を組んだの、今日は昼すぎは、目一杯、河原で走り回り、棒術、体術の特訓を受けていたときいた。

さらには、連日、三人の中で一番強そうな剣客からは、さまざまな形《かた》を習っているともきいた。

駒之助の動きや体捌きは、この七、八日で見違えるようによくなったともきく。

それに対して、己は、あいかわらず普段の稽古をくりかえすだけだ。対戦相手も、己だと、なぜか、真剣に打って来ない。どうやら、城代家老大道寺道成の倅だというので、みな遠慮しているらしいのだ。

己は、ほんとうは強くないのではないか？　城代家老の子だというので、皆、己をちやほやして、わざと負けているのではないのか？

己はほんとうは弱いのに、周囲から、おぼっちゃま、強い強いとおだてられているのではないのか？

知らぬは、己だけで、みな陰で己のことを嘲笑っているのではないか？

もしかして、指南役の近藤《こんどう》師範まで、城代家老の倅だから、と俺に大目録を授けてくれたのではなかったのか？

お春も、俺の能天気《のうてんき》な、うぬぼれ者ぶりを知っていて、それで俺との結納《ゆいのう》を交わすのを渋っているのではなかろうか？

「道介殿、お待ちどおさまでござった。それがしも支度ができました」

勝之進の声に、道介は我に返った。

目の前に、面や胴を着けた勝之進が立っていた。

「道介殿も、お支度をお願いします」

「なに？」

「面を着けていただきませんと」

道介はかっとなった。

「俺は面など着けぬ。勝、遠慮なく、かかって来い」

「それでは遠慮なく面を打てませぬ。面を着けていただかぬと」

「いらぬといったらいらぬ。構わぬ。面を打ちたくば打って来い」

道介は袋竹刀を勝之進の胸に突きつけた。

「礼など抜きだ。すぐ来い」

道介は袋竹刀の先で、勝之進の袋竹刀をぱしんと叩いた。

「では、御免」

勝之進の軀は、一瞬にして離れ、間合いを取った。

勝之進は道場で、道介と一、二を争う腕前だ。馬廻り組組頭嶋田勝丞《しまだかつすけ》の息子で、道介とは同い年だ。しかし身分は同じ上士ではあるが、城代家老の息子の道介とは家格が違う。

道介は上士の子らを集めて、青龍会を創ったが、やや考えが違う勝之進は誘わなかった。

もっとも誘っても勝之進は、きっと入らなかっただろう。

勝之進は藩校では秀才で頭がよく、何かにつけ批判的だった。考えもおとなびていて、道介のように徒党を組んで遊ぶのは、とうの昔に卒業していた。

「きええええい！」

気合いもろとも、袋竹刀の空を切る音がきこえた。

一瞬、道介は無意識に袋竹刀で撥ね除け、危うく勝之進の袋竹刀を躱した。

続いて勝之進の袋竹刀が胴を狙って突き入れられる。

二段打ちだ。道介は胴に来る袋竹刀も叩き落とした。切り返して、勝之進の胴に袋竹刀を入れた。

その瞬間、勝之進の袋竹刀がびしりと道介の籠手《こて》を叩いて離れた。道介は手が痺れ、袋竹刀をぽとりと落とした。

勝之進はさっと跳び退き、残心に入った。

一本取られた。

「まだまだ」

道介は取り落とした袋竹刀を取り戻し、勝之進に向けた。

うれしかった。勝之進は遠慮も容赦もなく打ち込んで来る。ありがたかった。

同時に、己が情けなかった。己の慢心に、一瞬油断し、致命的な隙を作ってしまった。

こんなことでは、到底、駒之助に勝てぬ。駒之助を嘲笑うことなどできぬ。

相青眼になって向き合った。

袋竹刀の切っ先が上下に揺れる。勝之進がすり足で前に出る。

来るか、来ないか。

来ないなら、俺の方から仕かける。

道介は勝之進を駒之助だと思った。駒之助を叩きのめす。

道介は右八相に袋竹刀を構え直した。

さあ、行くぞ、駒之助。

道介はすり足で左足を出し、駒之助を見つめた。駒之助は青眼から袋竹刀を下段に下ろしていた。

道介は駒之助の面に袋竹刀を打ち込んだ。

「メン！」

打ち込む勢いで袋竹刀を切り返し、駒之助の胴に袋竹刀を叩き込む、つもりだった。

「ドウ！」

駒之助の軀が一瞬早く動き、道介の胴にしたたかな一撃が襲っていた。

胴という声は己のものではなかった。

しまった、と道介は思った。

駒之助の顔が、勝之進に戻っていた。

またも隙を突かれて、勝之進に胴を打たれたのだった。

勝之進は再び静かに残心に入っている。

門弟たちの勝之進を褒めそやす囁きがきこえた。

道介は、かーっと頭に血が昇った。

おのれ、勝之進。

「もう一本!」

道介は怒声を上げ、勝之進に向かった。

「それまで、道介。おぬしの負けだ」

道場に近藤師範の声が響いた。

道介は見所に目をやった。いつの間にか、指南役の近藤師範が戻っていた。

道介はなおも袋竹刀を勝之進に向けていった。

「しかし、師範、もう一本、やらせてください……」

「くどい。道介、見苦しいぞ。勝之進の勝ちだ。引け」

道介は勝之進を睨んだ。

勝之進は静かに袋竹刀を納め、道介に一礼した。道介も慌てて袋竹刀を戻し、頭を下げた。

勝之進は壁際に戻り、正座した。周りの門弟たちが勝之進の勝利を褒めそやした。

勝之進は面を外しながら、みんなをたしなめた。

「本日の道介殿はおかしい。いつもの道介殿にあらず……」

勝之進の同情の言葉がきこえた。

いつもの己と違う？

道介は恥ずかしさと惨めさに、一刻も早く、道場から姿を消したかった。

近藤師範の声が道介に降りかかった。

「道介、着替えたら、すぐに書院に参れ。申し伝えたいことがある」

「はい」

道介は何ごとか、と近藤師範を見た。

近藤師範は、それだけいうと、そそくさと見所から廊下に姿を消した。

道介はうなだれ、席に戻り、胴を脱ぎにかかった。

二

道介は書院の前の廊下に座った。

書院の中から、話し声がきこえた。

近藤師範のところに、誰かが来ている様子だった。

「大道寺道介、参りました」

「道介か、入れ」

近藤の声が返った。

道介は襖を開けて、部屋に軀を入れ、襖を閉めた。あらためて、近藤に一礼し、顔を上げた。

近藤師範と話をしていたのは、父の大道寺道成だった。

道成が渋い顔で座っていた。

「道介、おぬし、馬廻り組組頭の嶋田の倅、勝之進に稽古仕合とはいえ二本も取られたそうだな」

「はい。面目ありませぬ」

近藤師範が父に話したのだろう。道介は恥じ入った。

「そんな体《てい》たらくでは、奉納仕合で町道場の駒之助に後《おく》れを取るのではないか?」

「それがしとしては、全力を尽くし、そうはさせぬつもりです」

「まあまあ、城代、道介を責めてはいけませぬ。道介も精一杯やっておるのですから」

近藤師範が道成を宥めた。

大道寺道成は頭を振った。

「しかし、近藤師範、駒之助は高久村の郷士小室作兵衛の倅、侮《あなど》れぬ若造ですぞ。田《た》島《じま》に調べさせたところによると、駒之助には、あろうことか、前藩主の若月丹波守清胤様改め大館文史郎、その傅役篠塚左衛門忠輔、髯の豪傑大門甚兵衛の三人が指南役として就いていることが分かった」

「はて、前藩主の若月丹波守清胤様はご引退され、江戸屋敷に若隠居されている、とおききしましたが」

「近藤氏《うじ》を日新館道場の指南役にお招きする以前のことだが、殿をめぐって、ちと不祥事があってな。奥方の萩の方様がお怒りになり、殿を引退させ、若隠居にして、新たに養子を取り、殿を体《てい》よく江戸へ追放したのだ。その前の殿が密かに在所に戻られたのだ」

「何をなさりに？」

「分からぬ。表向きには、愛妾の許に戻っただけだというのだが、はたして、それ以外に何かあってのことではないか、とわしは疑って、田島たちに調べさせておる」

近藤師範は訝った。

「愛妾ですと？」

「うむ。それだ。前藩主は、お手が早く、当時奥女中だった如月という娘に手を付けられた。それが奥方様の逆鱗に触れた。そも前藩主若月丹波守清胤様は、萩の方が若月家の跡取りとして迎えた婿養子の身だ。なのに我が藩に来て、数年も経たぬというのに、正室をないがしろにして、側女《そばめ》や奥女中に子を孕《はら》ませたのは、何ごとかとなったのだ」

「なるほど。それはいかんですな」

「そうだろう？　城代家老としても、ほかの家老たちも困った。いくら殿が世継ぎづくりに励むにせよ、若月家の正統な血筋である正室との間に御子をおつくりにならず、若月家とは血縁もない、ほかの女子を孕ませるとは言語道断とあいなったわけだな」

「それはそうですな。血筋が絶えますな」

「そうなのだ。そのときの殿の愛妾が高久村の郷士小室作兵衛の娘如月だ。如月は礼儀作法見習いのため、城に上がりたいというので、奥方様が奥女中に取りたてた娘。よりによって、殿はその女子に手を出したというわけだな」

道介は話をききながら、いまの藩主も、若月家とは血縁のない他家からの養子だから、結局血統は絶えてしまったのではないか、と思ったが黙っていた。口を挟めば、藩のことに若造が口を出すなと怒鳴られるに決まっている。

「駒之助は如月の歳《とし》の離れた弟なのだそうだ。それで、前殿の文史郎殿は駒之助に肩入れしているらしいのだ」

「ほかの御家来衆は、何者ですかな？」

「篠塚左衛門は、拙者もよく存じておる。前の殿が幼少のころからの傅役だった爺様だ。もう一人の髯男大門甚兵衛については、素浪人としか分からぬ。ただ、分かっているのは、元殿は江戸屋敷を抜け出し、左衛門とともに長屋に住み着いた。そこで、剣客相談人という妙な商売を始めた」

「剣客相談人でござるか？」

「そうだ。手の者の調べによると、よろず揉め事引き受けます、という謳《うた》い文句で、長屋の夫婦喧嘩から、大藩の御家騒動まで請け負って、喧嘩の仲裁をしたり、用心棒になったりする商売だそうだ」

「江戸には妙な商売があるものですな」

「食いはぐれの素浪人がやるならともかく、いったんは藩主ともなられた御仁がやる仕事ではあるまい、と思うがのう」

「剣客を名乗る以上、大館文史郎殿も強いのでござろうな」

「うむ。前の殿は心形刀流免許皆伝の腕前だ。傅役の左衛門もご老体だが、元殿の側近で護衛役や指南役でもあったわけだから、かなりの遣い手だ。もう一人の髯男の流派は分からぬ。しかし、あの体格からして、侮れぬサムライではないか、と思う」

近藤師範は腕組をした。

「その三人が、対戦相手の駒之助に就き、特訓をしているというのでござるか」

「そうなのだ。近藤師範。これは、単なる那須神社の恒例儀式の奉納仕合とは申せぬのだ。元殿たち三人は、大鷹元勝なる土佐の老師と組み、駒之助を使って、我が息子の道介を倒し、何ごとかを企んでいる」

「ううむ」

「それが何であるかは、田島に命じて、三人の身辺や、大鷹老人を洗っておるところだ。そこで頼みなのだ。近藤師範から、なんとか、この道介に勝つ方法を教えてほしいのだ」

「ううむ」

「もし、道介に勝つ方法を授け、駒之助に勝利した暁には、望み通りの報奨金を出そう。いやそればかりではなく、日新館道場の指南役ではなく、藩の指南役として、師範を抱えたい。どうかな」

大道寺道成は、じっと近藤師範を見つめた。

近藤師範はうなずいた。

「分かり申した。城代がそこまでおっしゃられるなら、拙者も喜んでご協力いたしましょう」

「そうか、やってくれるか？」

「はい。道介は、それがしが見込んだ門弟でもあります。剣の筋がいい。だから、拙者は道介に大目録を授けた。見込みがある。剣客相談人かどうか知らないが、江戸の剣客を名乗る者たちに、那須川の男児が負けては、いかん。拙者の持てる秘剣を道介に教え、習得させましょう。そうすれば、必ず、相手が誰であれ、勝つことができましょう」

「おお、やってくれるか。道介、よかったな」

道成は目を細めた。道介は近藤師範を見上げた。

「秘剣でござるか」

「左様。神道無念流、必殺の秘剣だ。まだ、誰にも伝授していない。それを、おぬしに授ける」

「先生、ありがとうございます」

道介は膝を進めた。

「ただし、いくら大目録を取った腕とはいえ、秘剣の習得は難しいぞ。これから、奉納仕合までの二十日間、徹底的に厳しくしごく。いいな、道介、覚悟せい」

「はい。先生。厳しく鍛えてください」

道介は小躍《こおど》りして近藤師範に平伏した。

三

あたりには薄暮《はくぼ》がひたひたと押し寄せていた。

門弟たちが引き揚げた道場は冷え冷えとしている。四隅に立てた蠟燭《ろうそく》の炎が、道場を仄《ほの》かに照らしていた。

その炎が二人の激しい動きに合わせ、時折大きく揺れる。

道場の真ん中で、文史郎と駒之助は気を合わせ、ぴったりと同じ所作をくりかえしている。

「きええええい」

二人は同時に気合いを発し、中段青眼の構えに戻り、動きを止めた。

駒之助は荒い息をしている。全身から白い炎のような湯気が立っていた。

文史郎は傍らの駒之助に目をやった。

「よろしい。駒之助、よくやった。よくぞ、そこまで習得したな」

見所から見ていた左衛門が大きくうなずいた。

大門は見所に足を投げ出して座っていた。

「わしが見る限り、殿と同じに演じたように見たぞ」

「ありがとうございました。これが、十八番手、月影《つきかげ》の形《かた》でございますな」

「そうだ。よし、駒之助、いま一度、一人で演じてみよ」

文史郎は木刀を下ろし、駒之助に形を演じさせた。

駒之助は文史郎に一礼すると、中段青眼の構えを取った。

「えい！」

気合いと同時に駒之助は、前に踏み込み、木刀を正面に突き入れた。木刀を引くと見せて、くるりと体《たい》を右に半転させ、右手の相手を横から薙ぎ払った。さらに体《たい》を沈めて、後ろも見ずに、後ろの正面に木刀を突き入れる。

動きを止め、静かに中段青眼の構えに戻した。

駒之助は、少し息を荒げていた。

文史郎は微笑んだ。

「よろしい。それでいい。できるだけ、滑らかに、踊りを舞うように演じろ」

「はい」

「慌てず正確に、めりはりを入れて演じる。だらだらと演じてはいかん。最後まで一《いち》所作《しょさ》として動け。途中で息継ぎをするな」

矢継ぎ早な文史郎の指示に、駒之助は紅潮した顔でうなずいた。

「はいッ」

「もう一度、やれ」

「はいッ。きええええ」

駒之助は気合いをかけ、再び月影を演じはじめた。

文史郎はじっと駒之助の動きを観察していた。先刻よりもよほど動きが滑らかになっている。いちいち考えずに動いているので、軀や筋肉が動きを覚えているのだ。

「殿！」

左衛門が文史郎に声をかけた。

「何者かが鎧窓から窺っております」

「爺、放っておけ。見られてはまずい秘技ではない。なんでもない稽古だ」

文史郎は左衛門にうなずいた。

大門も鷹揚に笑った。

「うまいうまい。駒之助、それだけ河原でも動ければ、どこで立ち合っても平気になるぞ」

「はい」

駒之助は中段青眼の構えに戻っていた。

だが、駒之助は両肩で息をしていた。汗をびっしょりとかき、顔は真剣さをおびている。

「駒之助、いま一度やれ」

文史郎が命じた。

「はいッ」

駒之助が気合いもろとも、中段青眼の構えから形を演じようとした。

いきなり文史郎が駒之助の前に立った。前に踏み込んだ駒之助の突きが文史郎に入る。

その寸前、文史郎は体《たい》を躱して右手に移った。

駒之助は驚いて演じるのをやめかけた。

「構わぬ、続けろ」

「はいッ」

駒之助はくるりと体《たい》を回し、右手の文史郎を横から薙ぎ払う。文史郎は、ひらりと体を躱して木刀を避け、駒之助の背後に跳んだ。

駒之助は体を沈め、後ろも見ずに、木刀を後ろの正面に突き入れた。文史郎が木刀で、叩いて受け流した。

駒之助は元の位置に戻り、中段青眼の構えになった。

大門が両手を叩いて誉めた。

「駒之助、見事見事」

「…………」

駒之助は息を切らせていた。文史郎は少しも呼吸を乱していない。

「駒之助、形《かた》は舞踏《ぶとう》ではない。形は舞踊《ぶよう》でもない。常に敵がそこにいると思え」

「はいッ」

「常在戦場、常在敵だ。ただの形を演技しているのではないぞ」

「はいッ」

「常に相手を意識し、木刀を振るえ。無闇に木刀を振り回すのではない。相手に打ち込む、打突する、切り下ろすことを考えろ。木刀をおぬしの躯の一部としろ。木刀をおぬしの手、腕と思って振るうのだ」

「はいッ」

駒之助は大声で返事をする。

「もう一度だ」

文史郎は駒之助に命じた。

駒之助は気合いとともに、再び木刀を振るい、自在に形を演じはじめた。

最後に、ぴたりと中段青眼の構えで終えた。

今度は駒之助は肩で息をせず、静かに鼻で呼吸をしていた。

「ようし。今日はこれまで」

文史郎はうなずいた。

「ありがとうございました」

駒之助は文史郎に腰を折ってお辞儀をした。

「汗を拭い、帰る支度をせい」

「はいッ」

駒之助は手拭いを手に道場から出て行った。

「だいぶ、上達いたしましたな」

左衛門が目を細めていった。

文史郎は手拭いで汗を拭う。

「爺の座禅のお陰で、駒之助もだいぶ肝が据《す》わったようだ。演技に落ち着きが出ている」

大門甚兵衛も褒めそやした。

「さようさよう。動きに切れ目がなく、滑らかになった」

「大門が河原で体術や棒術で駒之助を鍛え直しているからだ。どんなに足場が悪くても、体幹さえしっかりしていれば、体が崩れることがない。駒之助はだいぶ体幹がしっかりして来た」

文史郎はちらりと玄関に目をやった。

人の気配がした。やがて、引き戸が開けられ、黒い人影が入って来た。

「ごめんくだされ」

嗄れた男の声がした。左衛門が見所から立って玄関先に出た。

「殿、八代屋《やしろや》にございます。お久しぶりにございます」

人影は式台の前に蹲り、頭を下げた。

「八代屋殿……でござるか？」

左衛門が蠟燭の燭台を玄関先に持って行った。

頭が禿げた愛敬ある狸顔が灯りに浮かび上がった。見覚えのある顔だった。

「八代屋民兵衛《みんべえ》にございます。お忘れでございましょうか？」

「おう、八代屋民兵衛殿ではないですか」

左衛門がいった。

文史郎も思い出した。

「ああ、八代屋民兵衛か。久しぶりだな」

「これはこれは、左衛門様。お殿様も左衛門様もお元気そうでなによりにございます」

八代屋民兵衛。

田町の材木問屋の主人で、このあたりの森林の材木を一手に扱っている名主でもあった。

文史郎が藩主時代に、藩政改革を行なおうとしたとき、反対派町民の急先鋒になった人物だった。

理由は分かっている。

文史郎が藩財政立て直しのため、材木問屋をはじめとする商人たちに税金をかけ、増収しようとしたためだった。

農民への増税は、もはや限度だった。これ以上、租税として取り立てれば、農民は困窮し餓死者もでよう。口減らしのため、間引《まび》きまでしていた。

そのため、文史郎は農民からの税金取り立てを緩め、藩財政で困窮者への生活支援をしたり、灌漑事業や新田開発を行ない、農民たちを人夫に雇って、生活できるようにした。

その代わりに、必要な財源として、材木商やら米商人など、比較的儲けている商売に税をかけて、増収を計ったのだった。

「お邪魔してもよろしうございますか？」

「うむ。それがしたちの道場ではないが、そこでは話もしにくかろう。上がってくれ」

文史郎は見所に座ったまま、八代屋民兵衛を道場の中に手招きした。

「爺、茶でも出してくれぬか」

「はい。少々お待ちを」

左衛門は台所の方へ引き下がった。

「失礼いたします」

八代屋は片手で拝むような仕草をしながら、草履を脱いで、道場に上がって来た。

大門を見ると、八代屋は頭を下げ、挨拶した。

「こちらのおサムライ様は、初めてお会いいたしますな」

「拙者、大門甚兵衛。殿の御供《おとも》だ」

八代屋は大きくうなずいた。

「そうでございますか。供侍でございますな」

八代屋は名乗り、よろしうお願いいたします、と大門にも如才なく話しかけ、見所の前の板床に座った。

「その節は、まことに失礼いたしました。私はお城の事情もまったく存じ上げずに、お殿様の藩政改革に反対いたしまして」

「もう済んだことだ。忘れろ。だいいち、拙者はもう殿と呼ばれる身ではない。文史郎だ。そう呼んでくれ」

「さようでございましたな。いまは若隠居様。お殿様の若月丹波守清胤様ではなくなった。それで元の名に戻られたのでございますな？」

「そうだ」

「お待ちどおさま。番茶でござるが」

左衛門が盆に湯呑み茶碗と急須を載せて戻って来た。

「ありがとうございます。左衛門様にお茶を出していただくなんて勿体《もったい》なくも、申し訳ありません。……ふむ？」

茶碗が五個ある。八代屋は怪訝な顔をしたが、すぐに納得した。

井戸端で軀の汗を拭った駒之助が、台所から姿を現した。

駒之助は八代屋に頭を下げた。文史郎は八代屋に訊いた。

「この者を存じておるか？」

「いえ」

「駒之助だ。郷士小室作兵衛殿の息子だ」

自分の義弟だという言葉は飲み込んだ。

八代屋はしたり顔になった。

「ああ、この子が駒之助殿でございますか？　初めてお会いしますな。さすが、作兵衛様の御子息だ。少年にしては軀がしっかりなさっている」

「八代屋、どうして、駒之助と知っておる？」

「何を申されています。田町では、駒之助殿は有名ですよ。奉納仕合で城代家老の息子道介と立ち合うというのでしょう？　町家の者たちは、川向こうの生意気などら息子を叩きのめしてほしい、とみんな駒之助殿を応援しています」

八代屋は駒之助にいった。

「がんばってくださいよ。わたしも応援しますからね」

「ありがとうございます」

駒之助は苦笑いしながらも頭を下げた。

「駒之助、大門といっしょに、先に帰ってもいいぞ。わしらも間もなく帰る」

文史郎の言葉に、大門が背伸びをし、駒之助にいった。

「そうだな。駒之助、腹が減ったろう。先に帰ろう。殿たちは馬だ。すぐに追いつく」

「はい」駒之助は立ち上がった。

「では、お先に失礼いたす」

大門は文史郎と八代屋に頭を下げ、駒之助を伴って暗くなった外へ出て行った。

文史郎は八代屋に向き直った。

「で、どうだな。商売の方は？」

「さっぱりでございますな。不謹慎ですが、江戸で大火か大地震でもありませんと私たち材木問屋は、儲かりません。商売上がったりです。それにこのところ人夫不足で、山からの材木の伐《き》り出しは遅れてますし、川の水不足で、筏《いかだ》師が材木を流せないので困ってましてね」

八代材木問屋は、伐採した材木を筏に組み、那珂川に流し、川下《しも》の水戸《みと》藩領の津《つ》に陸揚げする。それを米と同様、馬車や荷車で利根川《とねがわ》に運び、さらに江戸川《えどがわ》に流して深川の木場に送り込む。そうやって、江戸の家屋の建材として卸《おろ》しているのだ。

「うまく行くときはうまく行く。駄目なときは駄目だ。商いは、厭《あ》きないとも申すのだろう？　辛抱が肝心。そうではなかったか？」

「殿の、いや文史郎様のおっしゃる通りにございます。いいときがあれば悪いときもある」

「八代屋、おぬし、そんな愚痴をいうために来たのではあるまい。何か、用があるのではないのか？」

「ははは。さすが、文史郎様。仰せの通りです。ちょっとお耳に入れた方がいいか、と思い、以前の罪滅ぼしにと」

「八代屋、いつから、そんな殊勝な男になったのだ？」

「文史郎様、お口が悪い。あのときのことは、ほんとうに反省いたしております。まさか、文史郎様を追い出すために、藩に楯突いたことになったとは。私も城代家老たちに、まんまと騙され、殿追い出しのお先棒を担がされておりました」

「ほう、八代屋、おぬしのような抜け目のない者でも騙されることがあるというのか？」

文史郎は左衛門と顔を見合わせて笑った。

「文史郎様も左衛門様も、お人が悪い。八代屋は真面目一徹、正直者はいつも損をしています。冗談はさておき、またぞろ城代家老様たちが、文史郎様が密かに在所にお戻りになられたのは、何か画策があってのことと、警戒なさっております。もしや、藩主に戻ろうとしておられるのではなかろうか、と」

「おぬし、城代に頼まれ、わしらを探りに参ったのだろう？」

文史郎は単刀直入にいった。

「いえ、そんなことはありません」

八代屋は慌てて両手を振った。

「では、なんだ、我々の耳に入れておきたいという話とは？」

「陰謀が企てられております」

八代屋は声をひそめた。道場の暗がりで蠟燭の炎が揺らめいた。

「いまの藩主清泰《きよやす》様を、また若隠居させ、自分たちのいうことをきく若い養子を迎えようという目論見《もくろみ》です」

「…………」

文史郎は左衛門と顔を見合わせた。

清泰が文史郎の後を継いで若月家の当主となったのは、六年前だ。当時元服したばかりの十四歳だった清泰は、二十歳の若者になっている。

無理矢理家督を譲らされたとはいえ、清泰は義理の息子である。

その清泰が義理の父親の文史郎と同じように、またも無理矢理若隠居させられるというのか？

最近、まったく江戸屋敷に戻っていないので、清泰の様子や藩の現状などに疎《うと》くなっていた。そうした話を伝えてくれる人もいない。

「いったい、誰が、そのようなことを画策しておるのだ？」

前のことを考えれば、誰が主謀者かおおよその見当はつくものの、あらためて八代屋に訊いた。

「城代様と筆頭家老様をはじめとする藩執政にございます」

文史郎は腕組をした。

清泰のことは、十四歳の顔しか思い浮かばない。あれから六年も経てば、いまや立派な若侍になっていることだろう。

「清泰が何か不始末をしでかしたか？」

「いえ。私どもから見て、不始末はなさっておられない、と思います。清泰様は正室をお迎えになられたあと、女遊びをするでなく、奥女中にお手をつけられることもなく、日夜武芸に励み、漢籍読みに没頭されておられるとおききしています」

「どこかの殿とは、えらい違いですな」

左衛門がぼそっといい、素知らぬ顔をした。

嫌味なやつ。

文史郎は左衛門を無視していった。

「そうか。清泰は嫁を貰っておったのか。それがしたちのところには、なんの挨拶もなかったな」

左衛門が澄ましていった。

「いえ、一応、奥方の萩の方様から、ご連絡がありました」

「いつのことだ？」

「去年の暮れのころです」

「忙しいときだったのではないか？」

「はい。ですので、萩の方様に殿は相談人の仕事で、地方に出ており、祝いに駆けつけられるかどうか危ういと申し上げたところ、萩の方様は素っ気なく、殿に来てもらうことはないとおっしゃっておられました」

文史郎は苦笑いした。

「そうか。そうだろうな」

祝宴の場に出ても、清泰は煙たく思うであろう。これまでも義理の親としても、なんにもしてなかった。

「相手は？」

「お輿《こし》入れなさったのは、上総《かずさ》相良《さがら》藩一万五千石の阿部《あべ》様の姫君聡美《さとみ》様です」

「ほう。そうか。阿部殿とは面識がなかった。そのご息女のう」

文史郎は藩主時代を振り返った。府内で阿部殿と同じ間《ま》に詰《つ》めた記憶がなかった。

相良藩と那須川藩は、石高から見れば、ほぼ家格は同じといえようか。

「萩の方様によれば、聡美姫はたいへん綺麗で、さまざまな仲人から、良縁を紹介されていたそうでござる。その中から清泰様を選んだということでした」

八代屋が口を添えた。

「在所にも一度、ご夫婦でお越しになり、披露宴を催しましたが、それはお似合いなご夫婦でした。御子様もお生まれになろうか、と思われるのに。また若隠居させようなどとは言語道断でございます」

「なぜ、城代たちは、そんなことを画策しておるというのだ？」

「清泰様は、在所にお入りになって、お気付きになられたのです。藩の要路《ようろ》たちの中に、賄賂《わいろ》で私腹を肥やしたり、なかには家臣や農民、商家へ多額の金を貸し付ける高利貸しをしたり、土木工事をする際、その工事費にあてる公金を誤魔化して、懐に入れてしまったり。ともかくも、よからぬことで儲けている輩《やから》が藩の中にいるということをお知りになったのです」

「なに？　賄賂や高利貸しだと？」

「まだやっておったのでござるか。懲《こ》りない輩ですなあ」

文史郎と左衛門は顔を見合わせた。

文史郎が藩主時代に、藩要路の中に、出入りの商人や、支配下の農民から公然と賄賂を取っている者がいたのを知り、厳しく処罰した。

さらに、要路の中には、武家にもかかわらず、高利貸しまがいに、部下たちに高利の金を貸し付けたり、農民に無理矢理金を貸し付け、収穫した米を不当に巻きあげたりする者がいた。

文史郎は、そうした風潮を厳禁する綱紀粛正《こうきしゅくせい》を行なった。それが、藩要路たちの反感を買った一因でもあったのだが。

「恥ずかしながら、私も賄賂を要求された被害者の一人にございます」

「八代屋もか？　どういうことだ？」

「城の勘定方から、ある日突然、材木を伐り出して、筏で那珂川に流す場合、通行料を取るといわれたのです。驚いて勘定方に問い合わせましたら、上からそういわれている、と。上の執政を黙らせるためには、賄賂を出すがよかろう、と。そうすれば、よしなにしてやるといわれ、渋々出したわけでございます」

「その上というのは誰なのだ？」

「城代家老の大道寺道成様、さらに筆頭家老神崎繁衛門様をはじめとする御家老たちでございます」

「まだそんなことをしているのか。けしからんな」

文史郎は腕を組んで唸った。左衛門も頭を振った。

「上が悪ければ、下もそれを見倣うものですからな」

「そうか。清泰は、それがしと同じように、要路たちの賄賂の風習を取り締まり、やめさせようとしたのだな」

「そうなのです。清泰様は、まさか在所を預かる城代家老や、筆頭家老までもが賄賂漬けになっていたとは知らず、賄賂禁止令を出し、彼らに取り締まりを命じたのです」

「ははは。泥棒に泥棒を取り締まれというに等しいのう」

「清泰様は、高利貸しをした者も厳罰にする、との御触れを出した。それで、そういう副業で私腹を肥やしていた藩要路たちの反感を買ってしまった」

「なんだ。それがしと同じ轍《てつ》を踏んでしまったということか」

「清泰様は、城代家老に、そうした綱紀粛正を命じて、筆頭家老たちを引き連れ、府内にお戻りになった。しかし、城代家老が、そんな自分の首を括《くく》るようなことを、率先して始めるはずはありません。御触れを出した手前、形だけ部下を取り締まり、罰金を取って謹慎させたりの軽い処分で済ましていた。そんな中に、密かに文史郎様がご家来衆を連れて在所にお戻りになったので、城代家老たちは、さては、お調べに御出でになった、清泰様を若隠居に追い込む計画がばれてしまったのではないか、と戦々恐々となっているのです」

「ははは。なるほど。そういうことか。それで、それがしたちを監視する細作《さいさく》がうろうろしているということなのか。てっきり、駒之助の稽古の具合を偵察に参った連中か、と思っていた」

八代屋はあたりの気配に耳を澄ましていった。

「実は、奉納仕合についても、そのことが絡んでいるのです」

「なに?」

「文史郎様たちが、城代家老たちに仕組んだことではないのか、と」

「どういうことだ?」

「文史郎様たちが駒之助殿を支援して、城代家老の息子の道介殿に勝たせようとしているのは、何かの陰謀があるからではないか、と疑っているのです」

「…………」

文史郎は左衛門と顔を見合わせた。

「疑心暗鬼《ぎしんあんき》もいいところですな」

「八代屋、なぜ、わしらが駒之助を支援するのが、彼らには不都合なのか?」

「高久村の郷士小室作兵衛殿の息子だからですよ。作兵衛殿は、村を挙《あ》げて、灌漑工事をおやりになっている。あれは、藩が命じたもので、多額のお金が出ている。藩の役人がその一部を横領しようとしているが、作兵衛殿が目を光らせ、そうさせない。作兵衛殿は邪魔な御方だが、娘の如月様がおられるので、下手《へた》に手を出すわけにいかない」

八代屋はじろりと文史郎を見た。

「如月様は文史郎様の愛妾だということを、彼らはよく知っていますからな。そんな最中に、文史郎様たちが御出でになって、如月様の宅へ入った。そして、文史郎様が義理の弟の駒之助殿を助けて、大道寺道成様の息子道介殿に挑戦させた。何か裏がある、と城代家老たちは疑っているのでございます」

「それで、おぬしを、こうして寄越し、我らの意図を探らせようとしているわけだな」

八代屋は顔の前で手を振って否定した。

「滅相《めっそう》もない。そのようなことはありません。これは、私の一存で参ったこと。私は、以前に騙され、利用されたので、二度と城代家老たちに使われるつもりはありませんん」

「では、何をしに、わしらを訪ねて参ったのだ？」

「先ほども申し上げましたが、勘定奉行から、また呼び出しがあり、再度の賄賂を要求されているのです。勘定奉行の背後には、城代家老がいる。賄賂を出しても、はたして、ほんとうに城代家老にまで届いているのか、怪しいものだ。勘定奉行の懐に入ってしまったままかもしれない、そう思うと、賄賂を払うのも馬鹿馬鹿しくなり、こうして、藁にもすがるつもりで、文史郎様に、なんとかしてもらえないものか、とお願いに上がった次第なのです」

「なるほどな。そういうことであったか」

文史郎は腕組をした。

「いかがでしょう？」

「生憎《あいにく》だが、すべて、おぬしや城代家老の勘繰りにすぎぬ。それがしが、こちらに参ったのは、そろそろ江戸暮らしにも飽き、田舎に戻って、如月や娘の弥生と暮らそうか、と思っただけだ」

「さようで」

「父親の作兵衛たちから、駒之助が近年サムライに憧れ、郷士の作兵衛の跡を継ぎそうもない、というので、それがしたちに、なんとか駒之助を説得して、その夢をあきらめさせてほしい、という依頼を受けたのだ。ほかに他意はない」

「ほんとうでございますか」

「おぬしに嘘をついても始まるまい。わしらがこちらに参ったのは、清泰から頼まれたことでもないし、在所の腐敗せる藩政を糾《ただ》すためでもない。とんでもない誤解だ」

「そうでございましたか」

八代屋は、がっくりと肩を落とし、項垂《うなだ》れた。

「確かに、先ほどからの文史郎様のお話をおききしておりますと、私の思い過ごしだったようですね。残念にございます」

「期待外れで済まなかったな」

「あらためて、いまの藩要路の悪政を、文史郎様に諌《いさ》めていただく、ということはできませんでしょうか？」

「八代屋、それがしは、この藩を逐《お》われた若隠居の身だ。いまは藩政に口を出す資格も権限もない。悪いが、それがしは何もできぬ。済まぬな」

文史郎は腕組をしたままいった。

「さようでございますか。残念にございます」

沈黙が割って入った。

文史郎も八代屋、左衛門も腕組をし、目を閉じて考え込んだ。

道場の雨戸ががたがたと音を立てた。

風が出て来たらしい。

寒い北風の吹く中を帰るのか、と文史郎は思った。

文史郎は、ふと思い出した。

「ところで、八代屋、突然だが、風の剣士とは何者なのだ？」

「風のサムライでございますな。それは、昔から、この那須の地に伝わる伝説でございますよ」

「伝説だと？」

「はい。文史郎様は土地のお生まれではないので、ご存知ないかもしれませんが、那須山の峠を越えて、北風のようにやって来るという幻の剣士の伝説があるのです。風のサムライが到来すると、この地に本格的な冬が訪れると、土地の農民たちは思うのです」

「ふうむ」

「なんだ、幻のサムライでござったか」

左衛門も頭を振った。

「その風の剣士が、どうなさったのです？」

「実はな。駒之助がほんとうに風の剣士を見たというのだ。それも、風の剣士が槍の剣客と立ち合うのを見たと。その風の剣士が滅法強くて、槍の剣客を一撃の下《もと》に斬り捨てたというのだ」

「ほほう」

八代屋はにこにこしながらうなずいた。文史郎は続けた。

「それ以来、駒之助は風の剣士のようなサムライになる、と心に決めたというのだ」

「子供らしい夢ですな。夢を見たのです」

「そうか。夢だったか」

「ですが、それはいい兆候なのです。風の剣士は、おとなになると見えなくなるといわれているのです。そして、子供のときに、その風の剣士を見た者は、将来大成するともいわれているのです」

「なるほど。駒之助は、おとなになったら、大成するか。いいのう」

「だから、土地の者は、風のサムライは大事にする。風のサムライを貶《けな》したり、嘲笑《あざわら》ったりしてはいけない。見た人は誰にもいわず、心の中で大事にしておく。でないと、罰《ばち》があたるといわれているのです」

「罰があたるというのか」

「はい」

「どのような？」

「それは、伝説ですから、分かりません。ともかく、土地の人は、風のサムライには、触れてはいけない、そっとしておけ、という言い伝えになっているのです」

「そうか。そういう言い伝えに過ぎなかったか」

「もし、駒之助殿が風の剣士を見たとしても、あまり人に触れ回ったり、自慢してはいけません。せっかくの幸運を逃がしかねませんからね」

「分かった。本人に、見たとあまり触れ回らぬようにいおう」

文史郎は大きくうなずいた。

四

燭台の蠟燭の炎が風もないのに揺らめいた。

書院の間で、大道寺道成は執事の田島の報告を受けていた。

「本日夕刻、江戸屋敷の筆頭家老神崎繁衛門様からの早馬が参りました」

「で、神崎殿の答は？」

「若殿が若隠居に何かを依頼した様子はない、とのことです」

「ない？　そんなはずはない。密かに清泰様が若隠居に会っているのではないか？」

「神崎様が、それとなく萩の方様にお尋ねになったらしいのですが、萩の方様は清泰様が義父の文史郎様にお会いになっているのではないかということを一笑に付したそうです。清泰様は、十四歳のころにちらりと文史郎様のお顔を見た程度で、ほとんど覚えていないはずとのこと。会いに行くなどありえないとも」

「ううむ。しかし、きっと殿は文史郎に会っているはずだ。いや会わずとも手紙のやりとり、あるいは人を介して、文史郎に何かを依頼していると見てよかろう。でないと、突然に愛妾如月の許に戻るなど考えられぬ」

「もしや、作兵衛か如月が手紙を文史郎に送ったのかもしれませんな。在所に戻ってほしい、と」

「ううむ。そうとも思える」

「ところで、張り込ませた細作《さいさく》から報告がありました」

「なんと？」

「昨夕、材木屋の八代屋民兵衛が、密かに大鷹道場を訪ねたそうです。そこで、民兵衛は文史郎たちと密談を重ねたようです」

「ほう、何を話しておったのだ？」

「細作はきくことができなかったそうです。だが、密談は和気あいあいとしていたそうです。二人はかなり親しそうだったと」

「八代屋、文史郎に何か訴えたかな」

「恐らく、そうだとすれば、勘定奉行にやらせた件を訴えたかもしれませぬな」

大道寺道成は腕組をした。

「文史郎、それをきいたら、どう動くかな？」

「城代様、ともあれ、何をきかれても、知らぬ存ぜぬで、お通しください。すべては勘定奉行が勝手に賄賂を取ったこと。城代様は関係ないと言い張られるのがよかろうかと」

「うむ。田島、おぬしは頼りになる男だのう。ところで、駒之助の稽古の具合は、いかがなものかな？」

「いまだ、文史郎は心形刀流の秘剣を駒之助に教えておらぬようです。ひたすら基本の素振り、それから形《かた》を教えており、それ以外には、座禅、河原でも棒術、体術を習わせておるだけで、秘剣、秘太刀の類《たぐい》は学ばせていないようです」

「ううむ。そうか。引き続き、油断せず、文史郎たち三人の監視を続けさせろ」

「分かりました」

「それから、駒之助の行動も見張るのだぞ」

「承知いたしました」

田島は大道寺道成に頭を下げて、引き下がった。

五

鬱蒼《うっそう》とした檜や杉の木立の葉陰から木洩れ日が岩場に差し込んでいた。

山を錦色に染めていた紅葉は色褪せ、落葉を始めた木々も増えはじめている。

何本もの細い滝が落ちて滝壺に溜り、その後、渓流となって谷を下って行く。

滝壺の穏やかな水面に、ぴしりと尾で叩いて岩魚《いわな》が跳ねた。小さな波紋が広がって行く。

大道寺道介は自然のわずかな気配にも敏感になっていた。

木立の間に、ぽっかりと開いた空き地に明るい秋の陽射しが降り注いでいた。

風はほとんどない。

道介は滝で水ごりを取ったあと、白装束姿になり、空き地に立った。

近藤師範も同様に白装束姿で、向かい合っている。

すでに十日が過ぎた。

連日、近藤師範の剣の指南は、厳粛なものだった。

秘剣木枯らし。

秘剣木枯らしは、厳しい那須の自然の中で近藤師範によって編み出されたものだった。

神道無念流の免許や大目録の中には、無論ない。

はじめの二日は、神道無念流の原技ともいえる形《かた》をくりかえし軀に教え込むところから始まった。

三日目から、秘剣木枯らしの極意を教授するための稽古が積み重ねられた。

空き地の砂地で、道介は近藤師範から厳しく形をし込まれ、形がうまくできないと何度もやり直しを命じられた。

その間、道介は幾度となく、木刀で殴られ、叩きのめされた。

そんなことで、心形刀流の秘太刀を習う駒之助に勝てるか！

近藤師範の叱咤《しった》が飛ぶ。

右上段八相の構えに戻った。

秘剣は、そこから始まる。

「我が秘剣の極意は、木枯らしになることだ。木枯らしになって、吹き下ろして相手を斬る。相手は檜、ブナの大木だと思え。葉を揺るがせ、太い幹を切り下ろす極意だ」

近藤師範の言葉が迸《ほとばし》る。

気合いもろとも、木刀が空を切り裂く。

「二の太刀はないと思え。一撃必殺だ」

「はいッ」

道介は近藤師範の真似をして、木刀を振り下ろす。

「よし。次」

近藤師範の号令で、足場の悪い岩場に上がる。

丈の高い檜の枝から縄で何本もの木切れが吊されている。その木切れに向かい、木刀を振るう。

風に吹かれてくるくると舞う木切れを、飛び上がって一撃で撃ち砕くのだ。

近藤師範は、それをいとも簡単にやって見せた。

道介は、何度やっても木切れに逃げられ、空振りしたり、木切れを宙に弾き飛ばすだけだった。

しかも、体《たい》を崩して岩場から足を踏み外す。

何度も冷たい滝壺に落ちる羽目になる。

水に濡れた白装束は軀にまとわりつき、手足の動きを鈍くさせる。しかし、近藤師範の稽古は続く。

七日目になって、ようやく道介は木切れを一撃で撃ちのめすことができるようになった。

体《たい》も崩さない。やればできるのだ、と道介は思う。

道介は、再び、空き地に戻り、近藤師範と正対し、右上段八相の構えを取る。

気で相手を圧倒する。相手を睨み付ける。

睨んだまま身動《じろ》ぎもしない。

秘剣木枯らしは、一瞬の勝負で決まる。

その呼吸を体得する。

近藤師範の全身から殺気が放出されている。道介も負けじと、剣気を高め、近藤師範の殺気を跳ね返そうとする。

木立の葉葉がさわさわと音を立てた。

風が吹き寄せて来る。

那須山の頂を越えて来た雪国の風だ。冷え冷えとして、瞬時に汗を引き込ませる。

近藤師範と気をぶつけ合ううちに無心になった。構えた木刀の重さも感じない。

道介は心が無になり、宙に流れて行くのを覚えた。

　ふと滝の上から二人を見ている武士がいるのに気付いた。目で見ているのではない。無になった心が、武士を見付けたのだ。

　武士は長い杖を手に、腰に大刀一振りを差している。

　黒い筒袖羽織に、黒の裁着袴姿だった。髪を無造作に頭頂で束ねて結い髷にしている。

　武士は優しい目で道介を見つめていた。

　もしや、風の剣士ではないか？

　そうだ。風のサムライに違いない。

　道介は心が震えた。駒之助が見たという風の剣士が崖の上にいる。

　一瞬、気が弛んだ。

　近藤師範の軀が飛んだ。道介は反射的に木刀で打ち込まれる木刀を受け流そうとした。

　べきっと木が折れる音がした。

　道介は木刀をへし折られ、取り落としていた。近藤師範の木刀が道介の肩の一寸前で止まった。

「馬鹿者！　気を許しおって。一瞬の気の隙が命取りだ」

「はいッ。申し訳ありません」

道介は空き地の砂地に膝をつき、頭を下げた。

木刀は真っ二つに折れていた。手が痺れている。

「いったい、何に心を奪われた？　それまでは完璧だったのだぞ」

「誰かが見ていたのです」

「なに？　誰かがいたというのか？」

近藤師範の顔色が変わった。

近藤師範は、秘剣を他人に見られないように、那須の奥地にまで足を踏み入れ、そこで道介に伝授しようとしていた。誰かに見られてはまずい。

崖の上には、颪のサムライの姿はなかった。きっと立ち去ったのだ。

「どこにおった？」

「滝の上の崖に、サムライが一人、こちらを見下ろしておりました」

「なぜ、それを先に教えぬ」

「一瞬、それに気付いて、目をやったときに、先生が打ち込んで来て」

近藤師範は崖の上を見上げて笑った。

「何を寝呆けている。あの崖の上に行くには、背後の切り立った断崖絶壁を降りねばならぬ。あるいは、この滝の脇を登るしかない。こちらから登るには、わしらの目の前を通らねばならぬ。ありえないぞ」

「……はい」

道介は、だが、俺は確かに見たんだ、と心の中で呟いた。

あれは、きっと風の剣士だ。だから、あんな険しい断崖絶壁を登り降りすることができるのだ。

近藤師範は、新しい木刀を道介に授けた。

「よし。もう一度だ。いいか、木枯らしの極意は、風となって飛翔し、相手を一撃必殺で仕留めることだ。……」

近藤師範は滝の音にも負けずに怒鳴った。

道介は心を引き締め、木刀を握り締めた。

右上段八相に構えた。

六

「第二十一形小波《さざなみ》」

文史郎は、流れるような所作で、仮想の相手を打ち、静かに木刀を引いて、中段青眼の構えに戻した。

駒之助も見様見真似で形を演じ、中段青眼の構えになった。

「この形を習得できれば、小目録を授けるくらいの力を付けている」

駒之助は覚えたての、小波の形を素早く、滑らかに、めりはりの利いた動きで難なくこなした。

「無意識に動くまで、修練せよ」

「はいッ」駒之助は元気よく返事をした。

だが、駒之助の顔色は勝《すぐ》れなかった。

文史郎はうなずいた。

駒之助は不安を覚えているのだ。奉納仕合が三日後に迫ったというのに、文史郎はあいかわらず形しか教えないからだ。

「駒之助、少し話をしよう。そこへ座れ」

「はい」

駒之助は道場の床に正座した。

燭台の蠟燭の灯りが、上気した駒之助の顔を照らした。

見所では大鷹老師と大門が何ごとか話し合いながら、道場を眺めていた。門弟たちは、稽古が終わって帰ってしまった。

左衛門は台所でお茶の湯を沸かしていた。

文史郎は駒之助を見つめていった。

「駒之助、剣は相手を倒すのが目的にあらず、己の弱さに克《か》つためだ」

「はあ？」

駒之助は困惑した顔になった。

「剣の奥義は克己《こっき》にある。己の弱さ、強さに克つ。それなしにサムライにはなれない」

「そんなにサムライになるのは難しいのですか？」

「いや。駒之助、勘違いするな。サムライには誰でもなれる。剣の奥義さえ極めれば、それこそ、ちゃんとした武士だ。だが、いくら逆立ちしても、なかなか成れないのが、おぬしのお父上のような郷士であり農民百姓だ」

「そうですか。それがしには、なんの修行もせずに郷士や農民百姓になれるような気がするのですが」

「サムライは何も作れない。米も大根も、野菜や芋も、何も作れず、ただ食らうだけで生きているのがサムライだ。農民百姓がいなければ、生きていけないのに、そのくせ、偉そうに威張っている。なぜだか、分かるか？」

「………」

「サムライは暴力を振るうからだ。しかし、ただの暴力だったら、やくざ者でも振るえる。脇差を腰に差しているから、それで強そうに見える。穏やかに暮らしたい、普通の人から見れば、やくざ者や荒くれ者は、理不尽に暴力を振るうから恐い。だから、世間から彼らは鼻摘み者になる」

「サムライは鼻摘み者ではありません」

「真のサムライはな。だが、普通のサムライは暴力を鼻にかけ、自分を偉いと勘違いしている。ほんとうは刀や武器さえ持っていなければ、ただの弱い人間だ。農民や商人とまったく変わらない」

「では、真のサムライというのは、どんな人間なのですか？」

「真のサムライは暴力を無闇に振るわず、いざ、というときにしか使わない。農民や商人、普通の人びとを敬い、決して貶《おとし》めない。力を使うときは、人を守り、妻や子、家族や友人を守るためだ」

「………」

「だが、そのサムライとて米は作れない、野菜も作れない。物も作れない。ただ農民に食わせてもらっている。職人に物を作ってもらっているだけだ。無為徒食だ」

「藩主や藩士は、そうだというのですか？」

「そうだ。少しも偉くない。偉いのは誰か分かるか？」

「物を作る人だというのですか？」

「そうだ。物を作る人がいなくなったら、誰も生きていけない」

「和尚さんや商人、船頭、筏人夫たちも物を作りませんが」

「和尚は仏教でみんなの生活を守っている。商人や船頭や人夫たちも農民が作った作物を商ったり、運んだりしている。皆世の中のために役に立っている」

「大道芸人や占い師、役者も何も作っていません」

「いや。彼らはみんなを楽しませたり、心を和《なご》ませたりしている。幸せを作る」

「…………」

駒之助は考え込んだ。

「ほんとうに偉いのは、おぬしのお父上のような郷士だ。農民と同じように農作物を作り、灌漑工事の先頭に立って普請仕事を行ない、いざ、誰かが攻めて来るとなると、武器を取って敢然と戦う用意を怠らない。それがしは、作兵衛殿のような郷士こそ、真のサムライだと思っている」

「…………」駒之助は腕組をし、考え込んだ。

「よし。駒之助、小休止は終わりだ。稽古を続けよう」

「はいッ」駒之助は気を取り直した。

「ところで、先生、いつまで形《かた》をしているのでしょうか？　それがし、道介と闘うにあたり、どうやって、やつに勝てるようにしたらいいのか、困っているのですが」

「駒之助、さっき申したであろう？　仕合に勝つことが目的ではないと」

「はい。でも、こんな稽古でいいのか、と不安になるのです。それがし、道介に負けるわけにいかないのです」

「ほう。なぜかな？」

「なぜでもです」

駒之助はぽっと頬を染めて赤くなった。

文史郎は、駒之助が恋をしている、と思った。好きな女子をめぐって道介と争っているのかもしれない。

「分かった。理由は訊くまい。だが、いま一度いっておく、克己だ。克己が剣の極意だ。いいな」

「はい」

「形を躯に十分にしみ込ませてあれば、いざというときに、考えるよりも早く形で応じることができる。いま、それをやっているということをよく覚えておけ」

「はい」

文史郎は大門を振り向いた。大門も立ち上がった。道場に降りて来る。

「では、さきほどの第二十一番、小波。やれ」

「はい。始めます」

駒之助は立って、木刀を構えた。

中段青眼の構え。

その瞬間、大門の大きな躯が駒之助に駆け寄った。

気合いをかけ、駒之助の躯が形を演じはじめた。

「きええい！」

「おうう！」

大門の杖が駒之助に打ち下ろされた。

駒之助の躯が半転し、杖をかわした。

反射的に駒之助の木刀が大門の杖を叩き、滑らかに躯を動かしはじめた。

大門が容赦なく杖を振り回し、駒之助を打ち据えようとする。それを駒之助がひらりひらりとかわしては木刀で打ち返す。

「駒之助、ようし。それでいいのだ」

大門は杖を収め、にやりと笑った。

「……ああ、驚いた。それがし……」

駒之助は我と我が身をじっくりと見回した。

文史郎は拍手した。

「いまの形は十一番の千鳥、六番の木霊《こだま》、そして二十一番小波だった。どうだ？　考えずとも応戦できるだろう？」

「はいッ。先生」

駒之助が晴れ晴れとした顔になった。

見所の大鷹老師が大声で誉めた。

「駒之助、よくぞ、躯で覚えた。いまの立ち合い、見事だったぞ。よくぞ習得した」

「駒之助、よかったな。それも、事に臨んで動《どう》ぜずという座禅の効果が現れておる」

お茶の盆を持った左衛門が満足そうに笑った。

「さあ、お茶でも飲みましょうぞ」

盆を見所の床に置いた。

「やれやれ。よかった」

文史郎も安堵して見所の台に腰を下ろした。

大門は杖を片付け、台の框《かまち》に腰をかける。

「それがし、結構、真剣に打ったつもりだったが、見事、全部はずされた」

大門は湯呑み茶碗を手にうまそうに番茶を啜った。

大鷹老師が優しい口調でいった。

「駒之助、昼間、道介の様子が入った。それによると、十日前から、道介も日新館道場の近藤師範と那須山の奥に籠もり、特訓を受けているそうだ」

「どのような？」

「わしの耳に入った話では、父親の大道寺道成が近藤師範に特別に報奨金を払い、近藤が編み出した秘剣を道介に授けるための特訓らしい。もし、道介が駒之助に勝った暁には、藩指南役を近藤に約束したそうだ」

「金で近藤師範の腕を買ったか。城代家老らしいですな」

左衛門がむっつりとしていった。

駒之助が目をきらきらさせて訊いた。

「老師、その秘剣というのは？」

「大道寺道成が、側近に洩らした話では、木枯らしというそうだ」

「秘剣木枯らし？」

駒之助は口をへの字にした。

文史郎が慰めた。

「駒之助、恐れるな。おぬしに教えた二十一の心形刀流の形は、いかなる秘剣にも対応できる。相手が、どのような秘剣を使おうが、二十一の形で応じることができる」

「そうなのですか」

駒之助の顔が半分明るくなった。

「うむ。まだ残り二十七番の形があるが、とりあえずは、もう十分だ。あとはおぬしが、身につけた形を基に応用するだけの話だ」

老師が笑いながら、付け加えるようにいった。

「駒之助、秘剣などというものは、ほんとうはない。腕の立つ者が、一度秘剣を見れば、もはや秘剣でなく、普通の技でしかない。人を驚かすような奇抜な剣技は、普通の対応で十分に応じることができる。だから、文史郎殿がいうことを信じることだ。己を信じ、己の技を信じる。自分の弱さこそ敵だ。文史郎殿のいう通り、克己こそ、剣の奥義。それさえ極めれば、サムライだ。なかなかできないから、苦労し、人は修行をするのだからな」

「大丈夫。わしの杖をあれだけ躱したのだ。誉めてあげよう。わしの杖術では大目録を授ける」

「はいッ。ありがとうございます。大門先生」

駒之助は明るさと自信を取り戻した笑顔になっていた。

七

「父上、ただいま戻りました」

道介は書院前の廊下に正座して報告した。

「どうれ、顔を見せてみろ」

道介は襖を引き開けた。

書院には、父の道成の笑顔のほかに、執事の田島、それから見知らぬ客人の背中があった。

「おう。少しやつれたか。いや、引き締まった顔付きになっておるな」

「……………」

「開田《かいだ》殿、わしの倅の道介だ」

父の道成は客人の武家に道介を紹介した。

武家は肩越しに振り向き、ちらりと道介に目をやって会釈をした。

「開田泰然《たいぜん》だ。よろしう」

「それがしこそ」

道介は開田の気迫に気圧《けお》されし、たじたじとなった。

かなりの剣の達人と見受けられる。

羽織の白い紋は、丸に三本の横線が入っていた。どこの家紋か？

「近藤師範は、いかがいたした？」

「いったんご自宅にお戻りになり、後ほど、こちらへ上がるとのことでした」

「どうだ、修行の様子は？」

「疲れました」

「だろうな。で、首尾は？」

「なんとか、習得することができたと思います」

「ははは。そうか。それはめでたい」

道成は上機嫌で笑った。膳には酒の銚子が並んでいた。

客人の開田泰然と、執事の田島と三人で密談をしていた様子だった。

「道介、もうよい。下がっておれ。明後日の奉納仕合に備えて、少しは休んでおくがいい」

「はい。では、失礼いたします」

道介はお辞儀をし、襖を閉めた。

父が何か冗談をいい、大声で笑った。田島の笑い声はきこえたが、開田泰然の声はなかった。

道介は節々が痛み、歩くのも難儀だったが、我慢して風呂場へと急いだ。

十日間、毎晩、那須の出湯《いでゆ》に浸かって疲れを癒したが、温かい蒲団には寝ていない。地べたの上に寝る毎日だった。

湯に浸かり、今夜こそぐっすり寝たい。

道介はくたくたに疲れた軀を一刻も早く、横たえたかった。

八

道介の気配が廊下から消えた。

道成は田島に顎をしゃくり、開田泰然に酒を注ぐように促した。

開田はむっつりとした顔で、盃を田島に差し出し、無言のまま酒を注がせた。

「開田氏《うじ》、文史郎の腕、いかが、ご覧になられたかな？」

「……そうですな。大鷹道場の鎧窓から、若者に稽古をつける様子を見た限りでは、心形刀流の本流ではないが、かなりの腕前と見た。文史郎という男、心形刀流から新たな流派を起こしておるかもしれぬ」

「と、申すと？」

「要するに手強《てごわ》いだけのこと。変則的な技を使うかもしれぬ」

「なるほど。して、ほかの二人は？」

「髯の男、大門とやらは、杖の遣い手、これも梃摺《てこず》りそうだな。大男にしては身が軽い。まるで武蔵坊弁慶《むさしぼうべんけい》だ」

「ふむふむ。で、いま一人の老侍は大したことはあるまいて」

「大道寺殿、甘いな。あの爺様は、ひょっとすると一番梃摺るやもしれぬ」

「ほう、どうしてだ？」

「あの老人、只者ではない。あの歳にして、猿《ましら》のように身軽な体捌きは、見事。これまで、多くの実戦を体験しており、ちょっとやそっとのことではへこたれぬ。あのような手合いが、もっとも梃摺るのだ」

「ふうむ。そうでござるか」

道成は意外に思った。

だが、熟達の練士の開田泰然がいうのだから、そうなのだろう。

開田泰然は、道成が急遽、江戸屋敷にいる筆頭家老の神崎繁衛門に手紙を書き、江戸で雇わせた刺客三人組の頭《かしら》である。

直心影流《じきしんかげりゅう》免許皆伝。

開田のほかの二人も、同じ道場の門弟で、いずれも直心影流大目録を受けているとの触れ込みだった。

「消してほしいのは、その三人だけでいいのだな？」

「いや、できれば、いま一人。郷士の小室作兵衛という男を頼みたい」

「……どの男だ？」

田島が口を挟んだ。

「高久村の、文史郎が宿にしている豪農の主だ」

「分かった。文史郎の妾の父親だな」

「その通りだ」

「息子の駒之助はいかがいたす？　もし、父を殺されたとなると、遺恨を抱くのではないか？」

「うむ。ならば、止むを得まい」

「報奨金も、倍になる」

「な、なぜに」

「子供を殺《あや》めるのは、嫌なものだ。おとなの倍は頂かないとな」

「ふうむ」

道成は田島と顔を見合わせた。田島が囁いた。

「神崎様は、どうせ殺《や》るなら、あと腐れないようにとおっしゃっておりましたが」

「うむ。仕方ないか」

「事《こと》がすべて終わったら、八代屋民兵衛などを脅し付け、文史郎に加担した責任を取らせ、金を巻きあげればいいでしょう」

「なるほど。そうだな」

道成はにんまりと笑った。

「よかろう。開田氏、計五人だ」

「順番は、いかがいたす？」

「まずは文史郎、そして髯と爺。あとは暇になってからでいい」

「では。前祝いとして」

開田は盃を上げた。道成と田島が盃を合わせて上げた。

三人は酒を一気に飲み干した。

九

早朝。

文史郎は、暗いうちに起き出した。

如月はすでに起きて、母屋で母親と朝餉の用意をしている。弥生は如月の抜けた寝床でぬくぬくと眠っている。

文史郎は、駒之助が母屋をそっと抜け出し、外に出たのを気配から知っていた。

駒之助は足袋を履き、脚絆を巻いて、出かける身仕度を整えていた。

しかし、道場に向かうには、まだ早過ぎる。

奉納仕合は明日だ。きっと駒之助は眠れなかったのではなかろうか？

文史郎は駒之助が家から出る後ろ姿を見送った。手に木刀を持っていた。向かう先は、裏手の芒ヶ原と見た。

文史郎も、足袋を履き、身仕度を整え、静かに家を出た。

駒之助が消えた小道をゆっくりと歩んだ。

だんだんとあたりは明るくなり、遠望できる那須山が朝焼けに染まりはじめていた。

那須山の頂《いただき》がかすかに冠雪していた。

北からの風は肌に刺すほどに冷たい。

朝の鮮烈な光条が芒ヶ原にも差し込んで来る。

芒の穂先が陽光を浴びて、黄金色に輝いている。

気合いがきこえた。

駒之助は芒の原で、一人朝日に向かい、木刀を振るっていた。

文史郎は芒の叢《くさむら》の陰に佇み、駒之助の素振りを眺めていた。

清々《すがすが》しい空気だった。

「きええぇい」

駒之助は形に移った。一番やぐら返しから演技を始めた。

几帳面な少年だ。

一心不乱に形を演じている。

ふと文史郎は昨日の夕方の道場でのことを思い出した。

その日、珍しく鎧窓の外に女子の気配を感じた。女子の視線は、じっと駒之助の動きに注がれていた。

文史郎は気付いたが、駒之助には黙っていた。

大門と左衛門は、気付いたらしく、そっと道場を抜け出して外へ出た。しばらく、二人は戻って来なかった。

やがて、一通り二十一番までの形を演じ終わった駒之助は全身汗びっしょりになりながら、満足そうに笑った。

この笑顔がいい、と文史郎は思った。鎧窓の外の女子に見せたかった。

戻って来た大門と左衛門は、何もいわず、見所に座った。

あとで二人に尋ねたら、お春という女子が、女中といっしょに覗いていたのだった。

寺小屋で幼児たちの手習いの手伝いをしている大栄屋の娘ということだった。

奉納仕合のことが心配で、覗きに来ていたとのことだった。もちろん駒之助のことを心配していた。

お春は自分が来ていることは内緒にしておいてください、と左衛門や大門にいった。自分のことで、もし、迷いが生じては困るといった。

お春の話では、対戦相手の道介は、仕合で駒之助に勝ったら、人を介して、お春の両親に結納を交わそうと申し入れるといっていた。自分は駒之助様をお慕い申し上げている。だから、駒之助に勝ってほしい、と二人に訴えた。

左衛門と大門の話では、お春は楚々とした町娘だったという。絣《かすり》の着物を着たお春は、江戸でも見かけないほど美形だということだった。

大門の審美眼は怪しいが、左衛門の目は比較的正確で信用できる。

そうか。駒之助も道介も、互いに闘う理由があったのか。

文史郎は、二人の対決が好ましく思えた。

一人の女子をめぐって、剣にかけても奪い合う。その心意気はいい。

文史郎は、ふと、首筋に異様に強い視線があたるのを覚えた。

殺気。

それも猛烈な殺気だ。

文史郎は大刀の鯉口《こいぐち》を切り、静かに草履を脱いだ。

さっと振り向いた。

十間（一八メートル）ほど離れたところに、一人の侍が立っていた。

黒い筒袖羽織に黒い小袖、黒い裁着袴。脚絆を付けた足袋で、沓《くつ》を履いている。

顔はいかつくえらが張っている。獅子鼻《ししばな》で濃く黒い眉毛。目はらんらんと獅子のように見開かれている。

相手も鯉口を切った。

「殿おお」

「どちらにおられますか」

左衛門と大門の叫ぶ声が伝わって来た。

獅子鼻男は声に振り向き、後退しはじめた。

文史郎は追わなかった。追わずとも、きっとまた襲ってくる。

やがて芒の叢の陰に隠れて姿が見えなくなった。

「先生、何者でございます」

いつの間にか気付いた駒之助が文史郎に声をかけた。

「分からぬ。だが、味方ではない」

「はい。もしや、道介の……そんな馬鹿な。それがし、まだ道介と雌雄を決していないのに、恨みを買うはずがない」

芒を分けながら大門が現れた。

「殿ぉお、なんだ、こちらにおられましたか」

「おう、駒之助もいっしょだったか」

左衛門もほっとした顔でいった。

「どうした、二人とも、そんなに慌てて」

「八代屋民兵衛殿から、至急の連絡がありました」

「ほう。なんだというのだ?」

「江戸から、殿のお命を頂戴しようとする刺客がこちらへ送り込まれたとのことなのです」

「先ほどのやつか」

「殿、もう、こちらに現れたというのですか?」

駒之助が興奮した口調でいった。

「そうなんです。いかつい顔をした侍が、そこに立って、先生に挑もうとしていました。左衛門先生と大門先生がやって来ると分かったら、逃げて行きました」

駒之助は侍が逃げた方角を指差した。

大門が駆け足で姿を消したあたりまで行った。

「大門、よせ。きっとまた現れる」

文史郎は静かにいった。

第四話　雪起こしがきこえる

一

夜半、風が出て来た。
庭木の枝を揺する音がきこえた。
寝所の寝床に入ったものの、道介は悶々として眠れずにいた。
お春の顔が浮かんでは消える。
いかん、いかん。大事な立ち合いを前に女子《おなご》のことなどに心迷っていてはいかん。
寝返りを打った。目を閉じた。
滝の側の空き地で向かい合う近藤師範が目に浮かぶ。
何度もくりかえし、軀に覚えさせた秘剣木枯らし。

いままでは、自然に軀が動くまでに習得している……はずだ。だが、正直いって、自信がなかった。実際に駒之助と対戦してみるまでは、はたして有効か否か。

駒之助め。負けてたまるか。いつの間にか近藤師範に駒之助が入れ替わっていた。

駒之助の木刀が自分に襲いかかり、あっという間に、木刀で自分が打ち据えられる。

道介ははっとして暗がりに起き上がった。

まどろむうちに夢を見たらしい。

風の吹き寄せる気配がする。

道介は厠に立った。真っ暗な廊下に、書院の襖の間から、蠟燭の仄かな明かりが洩れている。

まだ父上は起きておられるらしい。

暗い廊下を行くうちに、ふと話し声がきこえた。客が来ている。野太い男の声だ。

あの開田泰然と名乗った不遜な態度の浪人者ではないか。

書院の手前で、道介は足を止めた。

文史郎と呼び捨てにする父の低い声があった。駒之助の名も出ている。

思わず聞き耳を立てた。

「……文史郎を斬ろうとした。だが、髯《ひげ》と爺《じじ》いの邪魔が入ったので、その場ではあきらめ、いったん退散いたした。……」

「……か？」

「相手が一人なら倒せる。だが、……」

「そうでござる。我ら二人が居れば……」

どうやら、開田以外にも客人が来ている様子だった。それも二人？

「……拙者がまず文史郎を、髯と爺いはこやつら二人に……」

急に話し声がやんだ。

一瞬の間があった。

「誰だ？　そこにおるのは」

声と同時に襖ががらりと開いた。

書院から三つの影が廊下に飛び出し、道介を三方から囲んだ。いずれも刀の柄に手をかけている。

「道介にござる」

道介は腰に手をやったが、刀は持っていない。

「なんだ、道介か」

書院から父の道成が顔を出した。

「……人騒がせな」

書院の蠟燭の灯りに、開田のいかつい顔が照らされていた。

「大丈夫だ。うちの倅だ」

道成の声に、三人はまたぞろ部屋に戻り出した。

「道介、どうした？」

「はい、厠へ」

開田のほかの二人は見知らぬ浪人者だった。

一人は小柄だが、がっしりとした体躯の壮年の侍、いま一人は中肉中背の体躯の侍だった。

「明日は立ち合いだ。早く寝ろ」

「はい。そうします。では、お休みなさいませ」

「うむ」

襖が閉まり、父の顔が書院に引っ込んだ。

道介はわざと足音を立て、厠へと急いだ。

もしや、父はあの開田たちに文史郎たちを始末しろと指示していたのではあるまいか。

盗み聞きした話の内容から、そんな気がした。

だが、父上が前藩主のご隠居様を亡き者にしようとするとは、とうてい信じられなかった。きっと聞き間違いだろう、と道介は思った。

二

朝から空はからりと晴れ上がった。

那須連山は青空を背にして、鮮やかな稜線を見せている。茶臼岳から白い噴煙が棚引いている。

昨夜遅くまで風が吹き荒れていたので、空模様が心配だったが、杞憂に終わった。

文史郎は、左衛門と大門と連れ立ち、会場の那須神社にくりだした。

駒之助は朝早く迎えに来た草莽隊の仲間たちと出かけた。おそらく道場で奉納仕合の最後の準備をしているのだろう。

那須神社の境内の本殿前は、紅白の幕で仕切られ、立ち合い会場になっていた。観客席の桟敷《さじき》には、朝早くから場所取りの人々が詰めかけていた。

正面の本殿に向かって、左手が駒之助の控えの間、右手が道介の控えの間となっていた。

いずれも紅白の幕で囲われて中の様子は見えない。

すでに左手の観客席には草莽隊の少年たちや、その家族が詰めかけている。一方の右手には道介を応援する青龍会の少年剣士や親兄弟たちが詰めかけていた。

女中を連れたお春の顔もあった。確かに、大勢の中にあっても、お春は際立って目立つ美しさだった。

双方のほぼ中央に緩衝地帯のような桟敷があり、そこに大鷹老師たちの姿があった。

文史郎たちは大鷹老師や片岡師範代たちに迎えられ、仕合会場の最前列の桟敷に座ることができた。

野次馬たちは、口さがなく、どちらが勝つ、どちらが強いのと、大声で言い合っている。なかには、不謹慎にも、どちらが勝つか、賭けをしている輩もいた。

奉納仕合は、五穀豊穣の神々へ感謝する意味もあるので、神主が神殿に祝詞を上げたあと、駒之助と道介の仕合の前に、いくつかの儀式めいた形だけの仕合が組まれていた。

台町の武家の幼年、少年たちの剣舞や武芸披露があり、ついで町家の少年剣士たちの集団での立ち合い稽古が行なわれた。

午前のうち一通りの儀式が終わると、いったん昼休みになった。

客たちは早速に持参したお握りや弁当を広げて、食べはじめている。

そのころになって、小室作兵衛と都与、如月が弥生を連れて現れた。

文史郎たちは如月や母親の都与が持って来てくれたお握りにぱくついた。たくあんの漬物がおいしく、食が進んだ。

都与と如月は控えの間にいる駒之助に、心尽くしの弁当を持って行ったが、二人ともしょんぼりと戻って来た。

「いまはいらない。邪魔しないで、放っておいてくれといい、座禅を組んでいました」

「大丈夫だ。仕合前に食べれば、軀が重くなる。それよりも、まずは精神統一が先じゃ」

大鷹老師はうなずいた。

左衛門も、じっと控えの紅白の幕を睨みながら、かすかにうなずいている。

左衛門は、自分が教えた座禅で、駒之助が落ち着こうとしているのを知り、心の中で応援しているのだろう。

大門は弥生を相手に遊んでいた。

如月は落ち着かない様子だったが、文史郎が「大丈夫、駒之助を信じろ。駒之助が勝つ」と安心させた。

都与も座ったり立ったりしていた。夫の作兵衛はじっと腕組をし、目を閉じていた。

文史郎は視線を感じ、視線が来る貴賓席に目をやった。本殿の廊下に造られた貴賓席には、見覚えのある城代家老大道寺道成の顔があった。

道成は文史郎と視線が合うと、そっと頭を下げた。文史郎も静かに頭を下げて返礼した。

道成は家来の一人を呼び、こちらを見ながら、何ごとかを耳打ちした。家来は姿を消した。

やがて、その家来が桟敷席に現れ、文史郎に畏《かしこ》まって告げた。

「城代が若隠居様には、ぜひ、貴賓席にお移りくださいますように、と申されておりますが」

「ご親切、ありがとう。だが、それがしは、こちらで観覧したいので、とお伝え願いたい」

「承知しました。御城代には、そうお伝えします」

家来の供侍は一礼し、引き揚げて行った。

その供侍も見覚えがあった。かつて納戸組《なんどぐみ》の侍だった。

神殿で太鼓の音が轟いた。

神官が現れ、仕合会場に向かって祝詞を唱え、榊を振って清めた。

神殿の濡れ縁側に裃《かみしも》を付けた侍が現れ、大音声《だいおんじょう》で仕合の開始を告げた。

「対戦者上手《かみて》、小室駒之助。対するに下手《しもて》、大道寺道介。判じ役は藩指南役桜井信太郎《さくらいしんたろう》の予定であったが、桜井殿急病につき、急遽日新館道場指南役、近藤師範があい務める」

観客席の桟敷の客たちがどよめいた。

道介は、近藤師範の指導を受ける門弟だ。

「殿、どう思いますか?」

左衛門が訊いた。

「騒ぐな。判じ役がたとえ誰であれ、構わぬ。近藤師範が直弟子を依怙贔屓《えこひいき》したら、みっともなかろう。仕合の勝負は実力だ。実力を出しさえすれば、勝敗は自ずから決まる。勝敗は時の運。人知は尽くした。あとは天命を待つのみ」

文史郎は腕組をし、目を瞑った。

観客たちの喧騒を意識から追い出した。

二度目の太鼓が轟いた。

いよいよ、奉納仕合が始まる。文史郎はかっと目を見開いた。

三

道介は床几に座り、心を平静にしていた。

執事の田島が、身の周りの世話をしてくれる。

すでに白い布紐で襷をかけてある。

太鼓の音が響いた。

「道介様、出番です」

道介は白い鉢巻きをきりりと締め直した。

案内役の供侍が紅白の幕を上げて、こちらへ、と促した。

道介は木刀を携え、玉砂利を踏みながら、本殿前へと進んだ。上手から駒之助が現れ、真っすぐに向かって来る。

会場の玉砂利は真っ白だった。目に陽光が差し込み、眩《まぶ》しかった。

胸が高鳴った。動悸がひどい。心の臓が早鐘を打つ。

左手の観客席には大勢の客たちが詰めていた。青龍会の仲間と日新館の生徒たちだ。親たちの顔もある。

貴賓席には父大道寺道成の姿があった。鷹揚に構えている。目が鋭く輝き、勝てといっていた。

道介は目礼し、駒之助に目を向けた。

目の端に草莽隊の席にいるお春の顔が入った。

お春が見ている。

お春の視線は、自分ではなく、駒之助に注がれていた。

おのれ、駒之助のやつめ。

いまに見ていろ。お春を俺の方に振り向かせてやる。

駒之助への敵愾心《てきがいしん》が、否《いや》が応にも沸き上がるのを道介は覚えた。

「神殿に向かって、拝礼」

判じ役の近藤師範が厳《おごそ》かに命じた。

道介は駒之助とともに呼吸を合わせ、神殿に向かって一礼した。

四

駒之助は歩を進めた。足許で玉砂利の音が立つ。

観客席にお春の顔が見えた。

駒之助は無理矢理、お春を意識から追い出した。草莽隊の仲間たちの声援が耳に届く。

平常心。

心を空にする。無我の境地だ。

「双方、礼」

判じ役の声に、駒之助は道介に向かって頭を下げた。蹲踞《そんきょ》の姿勢を取り、脇の木刀を抜き、道介に向けて構えた。

互いに木刀の先を触れ合うほどの間合いだった。

道介の軀から殺気が放出されていた。

目が険しい。道介は怒りに捉われている。

なぜだ？　そうか。お春を意識しているのだな。

「始め！」
判じ役の声に、駒之助は切っ先をこつんと道介の木刀の先にあてて、飛び退いた。
道介が裂帛《れっぱく》の気合いをかけた。
駒之助も負けない声で応じ、中段青眼の構えで道介を見つめた。
顔を下に向け、半眼にする。
無心無我。
あたりのざわめきが遠退《とおの》いて行く。
正面の道介の姿だけが中心に見えた。
静謐《せいひつ》。
動かない。微動たりもしない。
正対したまま、時間が流れる。時間が止まった。
駒之助は直感した。勝負は一瞬で決まる。一太刀を交えるときが、仕合の終わりだ。
風が吹き寄せている。杉の梢《こずえ》を渉《わた》る風が、葉を撫でる。
道介が動いた。かすかに。
道介の木刀が静かにゆるゆると右中段八相に移って行く。隙がない。
道介の木刀はぴたりと止まった。だが、道介の左足は止まらず、砂利を分け、じりじりと進んで来る。砂利の音がかすかにする。
駒之助は目を閉じた。
心眼。
心で道介の動きを凝視した。
北からの風の音がきこえる。
ごうごうと那須の大地を吹く風の音。
まさか、木枯らしか？
道介の軀が宙を飛んだ。吹く風のように。
駒之助の軀も同時に動いた。
木枯らしをきいた。そうか。これが秘剣木枯らしなのか？
心は空のままだ。道介の動きに、何も意識せずに流れるように対応して動く。
宙に飛んだ道介の木刀が頭上から振り下ろされる。
駒之助は逃げずに、軀を回転させて、木刀を突き上げた。
突き上げた木刀で、打ちかかる道介の木刀を受け流した。木刀の触れ合う音が立った。
次の瞬間、駒之助の木刀は、飛び降りて来た道介の面を掠《かす》めて逸《そ》れた。

ほとんど同時に道介の木刀が駒之助の胸を激しく打突した。

駒之助は胸への激しい打撃に息ができず、膝を落とした。苦しい。胸を押さえて蹲《うずくま》った。

一瞬、判じ役の手が、さっと駒之助に挙げかけて止まった。

少し間を置き、ゆっくりと道介に手を挙げ変えた。

「……大道寺道介、一本！」

観客席が静まり返った。誰も身動《みじろ》ぎもせず、二人の剣士を見ていた。

「道介の勝ち！」

判じ役の近藤師範があらためて宣言した。

青龍会の観客席がどっと歓声を上げげた。

草莽隊の席は、どよめいた。

「相討ちだろう」

声がつぎつぎに上がった。

「相討ちだ」「相討ちだ」「相討ちだ」

「判じ役、失格だ」「不公正な審判だ」「道介びいきの審判だ」

野次が猛烈に吹き荒れた。

「城代家老の息子への依怙贔屓だ」

「判じ役の審判差し違えを訂正しろ！」

判じ役の近藤師範は、たじたじとなり、供侍たちに守られて退散した。

仕合場に残った道介は木刀を手に呆然と立ち尽くしていた。頰から一筋の血が滲み出ていた。

足許には胸を押さえて苦しむ駒之助が蹲っていた。

草莽隊の隊員たちが仕合場に雪崩《なだれ》込み、駒之助の周りに駆け寄った。

一部の若者たちが道介に詰め寄ろうとした。

慌てて青龍会の若者たちが駆け込み、道介を守ろうと人垣を作った。

お春が女中の止める手を振り切り、観客席から飛び出し、駒之助に駆け寄った。

「駒之助様、しっかりして。死なないで」

お春の悲痛な声が響いた。

草莽隊の隊員たちは木刀や刀を手に青龍会と小競り合いを始めた。

青龍会の若侍たちは、対抗して一斉に刀に手をかけた。

神官や供侍たちが叫んだ。

「双方とも、待て」

「神前だぞ。争いは許さぬ。引け」

「双方とも、引け」

だが、騒ぎは収まらない。野次馬も騒ぎ出し、貴賓席に投石する者も出て来た。

城代家老の大道寺道成は早々に引き揚げて行く。

五

「待て！　待て静まれ！」

文史郎は両手を広げて、大音声で怒鳴りながら両者の間に割って入った。

大門と左衛門も文史郎に続いた。

「待て、待て。草莽隊引け」

大鷹老師も片岡師範代も両者の間に割り込んだ。

「双方、待て。静まれ。静まるんだ」

文史郎は、そう叫びながら、駒之助に屈み込んだ。

「お殿様」お春が傍らから顔を上げた。

文史郎は駒之助の着物の襟の間に手を入れ、胸の肋骨《ろっこつ》の具合を探った。打撲で腫れているが、肋骨は折れていない……と思う。

「お春、安心せい。大丈夫だ」

「……よかった。駒之助様」

駒之助は起き上がろうとしていた。お春が肩を貸した。

駒之助は起きながら、苦しそうに声を絞り出した。

「みんな、待ってくれ。静まれ」

駒之助は宣言するようにいった。

「俺の負けだ。判じ役の判定は正しい。みんな、だから、引いてくれ」

草莽隊の若者たちは、駒之助の声に少しずつ静まった。

文史郎は大門、左衛門と顔を見合わせた。

道介は青龍会の若侍たちに担がれ、引き揚げて行く。勝利を喜ぶ歓声が上がった。

ようやく、草莽隊の若者たちも町家の野次馬たちも騒ぐのをやめ、ぞろぞろと鳥居の方角へ引き揚げはじめた。

六

文史郎たちは、駒之助を連れて大鷹道場に引き揚げた。

駒之助の胸の肋骨は折れてはいなかったものの、罅《ひび》が入っていた。

左衛門が駒之助の上半身を晒《さらし》でぐるぐる巻きにして止めた。

「ありがとうございます」

駒之助は項垂れながらもいった。

お春が甲斐甲斐しく駒之助の世話をしていた。大栄屋の女中が傍《かたわ》らではらはらして見ている。

母の都与と姉の如月は微笑みながら、お春と駒之助の様子に目を細めていた。父の作兵衛も腕組をして見守っていた。

大門は弥生を抱っこして見所に座っていた。

「お師匠様たち、申し訳ありませんでした。それがし、負けてしまいました。勝ったと思ったのですが」

大鷹老師はうなずいた。

「私が見る限り、おぬしは勝っておるぞ。文史郎殿、おぬしはいかが見た」

文史郎もうなずいた。

「相討ちに見えますが、髪の毛一本か二本の差しかなかった。つまり、紙一重で駒之助の勝ちと見ましたが」

「そうだろう。駒之助、相討ちではない。おぬしの勝ちだ」

「しかし、それがしは勝った気持ちになれません。相討ちで紙一重の差で勝ったといわれても、真剣勝負となれば、それがしの剣は面を斬っていても、相手の剣はそれがしの胴を斬り下ろしておりましょう。それがしは致命傷を受けることになりましょう」

お春が駒之助の肩に手で触った。

目がそんなことはいわないで、と訴えていた。

文史郎は、いい夫婦になる、と思った。

左衛門が諭した。

「髪の毛一本の速さの差が大きいのだ。いいか、おぬしの剣の切っ先が相手の面に一瞬でも先に入っていたら、相手の打突は弱まる、そうでなければ、ずれて外れかねない。おぬしが偉いのは、面を取りながら、寸前で逸らしたことだ。髪の毛一本の差というのは、その逸らす余裕の差だ」

「はあ」

駒之助はまだ納得していない様子だった。

大鷹老師が左衛門のあとを引き継いだ。

「おぬし、道介に面を入れたとき、一瞬にしてわざと逸らしたろう？」

「寸止めするつもりが、止まらないので、咄嗟に逸らしてしまいました」

「おぬしには、道介に致命的な打撃を与えぬ配慮があった。そうした余裕があるだけでも、おぬしの方が剣士としては上だ」

「そうでございましょうか。ならば、うれしいのですが」

駒之助は笑いかけ、「痛てて」と顔をしかめた。

文史郎は慰め顔でいった。

「おそらく、道介はいまごろ勝った気がしなくて、悶々としておることだろう。形だけ勝っても、満足できる勝ちではない」

大門が弥生に髯を悪戯されながらいった。

「駒之助、前に申したろう？　負けるが勝ちだと。おぬし、負けても、いや負けたからこそ、得られた大事なものがあろう？」

駒之助ははっとしてお春を見た。

お春は赤い顔をしてそっぽを見た。

「それが勝ちというものだ」

都与と如月が顔を見合わせた。

片岡師範代が台所から一升瓶を手に現れた。

「老師、祝い酒が届きましたぞ」

「ほう、誰からかな？」

「八代屋民兵衛様からです」

「そうか。さっそくだ。みんなで頂くことにしようぞ」

老師は高らかに笑った。

大門が酒ときいて、弥生を如月に戻そうとした。弥生は如月には行かず、文史郎に走り寄った。

「おとうさま、抱っこして」

文史郎は思わぬことに驚いた。

弥生はさも当然のように、胡坐をかいた文史郎の膝の上に座った。

文史郎は頭を掻いた。

いろいろと案ずるよりも産むが易い、か。

如月が文史郎に笑いかけた。

都与が台所から湯呑み茶碗を盆に載せて戻って来た。

「あらら、弥生ったら、いいわねえ」

都与は如月とうれしそうに笑い合った。

これは、ほんとに祝い酒だな、と文史郎は弥生の頭を撫でながら思った。

七

書院から父たちの笑い声がきこえた。

道介の戦勝祝いで、父や近藤師範たちが酒盛りをしているのだ。

道介は勝ったとは思えなかった。どう考えても、相討ちだ。

相討ちでは勝ち負けはない。真剣だったなら、双方とも死ぬことになる。

目を瞑ると、駒之助の木刀が面に伸びて来るのが見える。顔を避ける間もない。

だが、不意に駒之助の木刀の切っ先が不自然に逸れた。それでも切っ先は頰の肌を一寸以上に亘《わた》って引き裂いた。

塗り薬をたっぷり染み込ませた布を頬の傷にあててある。それでもひりひりと痛む。駒之助のやつ、面への打突を敢えて避けて逸らしたのではないか？　そうだとすると、駒之助はかなりの腕だ。

俺とて、木刀で斜めに切り下ろしたとき、敢えて強くは打たずにわざと急所を外したつもりだった。しかし、木刀は振り下ろした惰性で、寸止めできず、駒之助の胸を強打してしまった。だが、あれは本気ではなかった。

本気なら、木刀とはいえ、鎖骨、肋骨のほとんどを打ち砕き、致命傷を与えている。あの程度の打撃でも、きっといまごろ、駒之助は肋骨に罅が入ったか、肋骨が折れて、苦しんでいるに違いない。

だが、と道介は思った。

もし、自分が秘剣木枯らしを習わず、習ってもそれを使わなかったら、自分は負けていたのではないか。

やつは剣客相談人たちに稽古をつけてもらいながらも、自分で克己修行し、いまの駒之助になった。

俺は駒之助に勝つためにだけ、近藤師範にお願いし、秘剣木枯らしを習得した。

もし、勝ったとしても、これではほんとうに自分が勝ったことにならないではないか。
道介は、そうだ、近藤師範に尋ねようと思った。
判じ役として仕合を見ていて、ほんとうはどちらが勝ったのか、きっと分かってい
る。
道介はそっと蒲団を抜け出し、廊下に出た。書院から声高《こわだか》に話す会話がきこえて来
る。
「……これで、城代、それがしを藩指南役に取り立ててくれるのでござろうな」
近藤師範の濁声《だみごえ》がきこえた。だいぶ酩酊している様子だ。
道介は足を忍ばせ、書院の近くへ歩み寄った。
「……しかし、道介が勝ってよかった。私も日新館道場の指南役としての面目が立っ
たし、こうして報奨金もいただけた。……」
「…………」
父の声はぼそぼそとしてきこえない。
「……正直申し上げて、判定は紙一重の差だった。はじめ、それがしは駒之助に手を
挙げかけたくらいですからな」
「…………」

「……ははは。城代殿の鼻薬が効きましたな。お陰で、指南役桜井殿は急病になり、判じ役が拙者に回って来た。……」

鼻薬？　父の賄賂が判じ役に決まっていた藩指南役桜井を仮病で休ませ、近藤師範に判じ役が回ったというのか。

近藤師範が判じ役になれば、俺の勝ちは決まったようなものというわけか。

道介は唖然とした。

「……正直申し上げて、道介に秘剣を習得させなかったら、おそらく駒之助に負けていたと思いますな。だから、拙者の功績大と……」

「………」父が笑った。

父がなんといったかは分からない。

「城代、それでも道介の勝ちは勝ち。判じ役の判定は、容易には覆《くつがえ》りませんよ。

……」

「それがし、口は堅い方で、このこと、他言はしません。ご安心を」

近藤師範の濁声《だみごえ》が笑った。

そうだったのか。

俺は父上の賄賂で勝ったようなものだったのか？

おとなたちはやることが汚い。それと知らずに踊らされていた俺はなんという愚か者だったのだろうか。

道介は足を忍ばせ、寝所に戻った。

寝床に横たわったものの、腹立ちはますます募った。

俺は知らぬうちに、親父たちの画策で、不正な勝ち方をしてしまったのか。こんなことでは、お春を嫁に迎えるなど恥ずかしくてできることではない。

俺はどうしたらいいのか？

母上は、父上のいいなりだ。母上は相談する相手ではない。

青龍会の仲間たちを一人一人思い出した。貫典？　あいつは？　駄目だ。誰も、城代の息子というだけで、真に俺を諌めることさえできぬ連中ばかりだ。

孤独だった。俺の周りに、腹を割って話し合える友がいない。これまで、俺はなんということをしてきたのだろうか？

友も作らず……。

ふと一人思いあたった。友達といえるかどうか、分からないが、城代の息子の俺に遠慮なく袋竹刀を打ち込んで来た男がいた。

勝之進。

嶋田勝之進。馬廻り組組頭の息子で、道場で唯一、俺を袋竹刀で打ちのめしてくれた男だ。

勝之進なら、相談に乗ってくれないだろうか。あたって砕けろだ。

道介は決心すると、少し気が楽になり、ようやく眠りにつくことができた。

八

那珂川は滔々《とうとう》と流れていた。

文史郎は駒之助と連れ立って、川の堤を歩いた。

河原に芒の叢がいくつもあり、芒の穂が風に揺らいでいた。

川の下流の河原では、大勢の村人たちが畚《もっこ》を担いで土を運んだり、鋤《すき》や鍬《くわ》を振るって、新しい堰を造っていた。

堰の上で、父の作兵衛が役人といっしょに立ち、設計図を見ながら、立ち働く人足たちにあれこれ指示を出している。

「こんな怪我さえしなければ、父上の手伝いができるのですが」

駒之助はぽつりと言い訳がましくいった。

何か可笑《おか》しいことをきいても、笑えずに胸を押さえて痛みを堪えている。

肋骨の罅が完全に治り、力仕事をするまでになるには、ほぼ一月《ひとつき》はかかるだろう。

「駒之助、そんな殊勝なことをいって、普段から、ちゃんとお父上の仕事を手伝っていたのか？」

「いけねえ。違ってました」

駒之助は舌を出した。

作兵衛は駒之助が寺小屋に通うのを望んでいた。寺小屋で学問するのを条件に、父親の手伝いをしないでもいい、となっていた。

老師の話では、駒之助はその寺小屋の学問をやりながらも、心は道場での稽古に向いていたという。

新しい堰ができれば、そこで川の流れを変え、広々とした荒れ地ができる。その荒地から石を取り除き、雑草や草木を除去して開墾すれば、その地は開墾した者の田圃になる。

作兵衛は村役人や村人たちと共働して、そうした開墾事業を推進していた。

だが、このごろの若者は江戸に憧れ、親の農業や力仕事を継がず、地元に定着などしない。

「それがし、年が明けたら、元服する予定になっています」

「いつだ？」

「春三月ごろ。桜の季節です」

「そうなったら、駒之助もおとなの仲間入りだな」

「だから、いまのうちに、子供として遊んでおこうかと」

駒之助は笑いかけ、胸が痛むのか、手をあてて歩くのをやめた。

「座ろう」

文史郎は土手に倒れた松の木に腰かけ、隣を手で叩いた。

駒之助はおとなしく座った。

「駒之助、おぬし、ほんとうは何になりたいのだ？」

「子供のころは、サムライでした。それも普通のサムライではなく、風のサムライでした」

文史郎から見れば、駒之助はいまも子供なのに、と思ったが黙っていた。

そうか。駒之助はいまおとなの世界に足を踏み入れつつあるのか。子供とおとなの端境期。難しい年ごろだ。

「で、いまは？」

「正直いって、分からなくなりました。サムライといっても、いろいろあって」

「うむ。そうだな」

「先日、サムライは米を作れない、野菜も作れない、という話をきいて、あれから考えました」

「どんな風に考えたのだ？」

「この世の中、物を作る人と、物を作らないでも有益なことをやる人と、何もせず、他人が作った物を食べたり、使ったりする人の三種類いるのかな、と」

「そうすると、わしらサムライは、何もせず、他人が作った米や野菜を食べる種類の人間ということかな」

「……かもしれませんね」

駒之助はにやっと笑った。

「自分は物を作ったり、作らないでも、みんなのためになれる人になりたい、と思うのです」

「なるほど。では、サムライになるのはやめるか？」

駒之助は足許の草の茎を抜いた。

「いえ。そういうことではないんです。サムライでも、物を作ったり、みんなの役に立とうという人はいますよね」

「そうだな。おぬしのお父上の作兵衛殿のように郷士サムライで、畑作業もやるし、灌漑《かんがい》事業もやる」

「サムライの本分とは、いったい、なんなのですか？」

「サムライの本分か。難しいなあ」

文史郎は考えた。

大昔の戦国時代なら、主君に忠義を尽くし、主君のためなら、死さえ厭《いと》わない。それが、サムライ、武士の本分であったろう。

しかし、徳川《とくがわ》家が将軍となって二百五十年以上も経った今日、サムライの本分は主君への忠義を尽くすことを旨とするなどというのは、古過ぎるのではなかろうか？

いまや下田《しもだ》に黒船《くろふね》がやって来て、諸外国が幕府に開港を要求し、一方で尊皇攘夷《そんのうじょうい》論が彷彿《ほうふつ》と台頭《たいとう》し、諸藩が幕府をないがしろにしつつある今日、幕藩体制が大きく揺らいでいる時代だ。

君主が君主ならざる形骸化した藩の在り方が問題になっている。そんな中で、サムライがあいかわらず、主君に忠義を尽くすなどという世迷《よま》い言《ごと》をいっていていいのだろうか？

　答えようがないが、駒之助に答えねばならない。それが、おとなの務めだ。

「それがしが思うに、いまのサムライの本分は、正義を貫《いと》くことではあるまいか。正義を守るためには、武を使って戦い、命も懸けるのを厭わない」

「正義を守る、ですか？」

「うむ。悪を許さない、ともいえる」

「そのために、命を懸けるのも厭わない」

「うむ。それがしが思うに、武士の心は、正義を貫くことではないか」

「正義を守るというのは、サムライだけではなく、誰でもやるべきですね」

「その通りだ。だから、サムライの特権ではない。サムライは普通の人と同じだ。普通の人と同じであらねばならない。その普通の人の心に武の心を持つ。正義を守ろうとする。それが、人には大切なことだと思う」

　駒之助は笑顔になった。

「義兄上《あにうえ》、ありがとうございました。なんとなくサムライについての疑問が晴れました。普通の人でもサムライの心を持つ。そうであれば、どんな職業に就こうが、どんな仕事をするようになっても、心はサムライでいられる、と」

「そうだ」

文史郎は大きくうなずいた。

駒之助に話していたら、自分もサムライの本分とは何かが、少し分かったような気がした。

文史郎はなによりも駒之助が自分のことを、義兄上と呼んでくれたのが嬉しかった。

駒之助の顔は秋の陽射しを受けて輝いていた。

文史郎は、自分もこの地に足をつけて住み、郷士として生きようか、と思いはじめていた。そうすれば、如月や弥生とも、幸せに生きていくことができる。

左衛門や大門も、そうすればいい。一度、二人に話してみよう、と文史郎は思った。

九

厩で馬がいなないた。

馬の軀を藁でごしごしと擦っていた勝之進は、道介の話に手を休めた。

「道介殿、いまは忙しい。厩の掃除を終えるまで待ってくれぬか」

たちまち馬が、なぜ擦るのをやめるのか、と長い顔を勝之進に押しつけ、ぐいぐいと催促した。

「よし。俺も手伝おう」

「いいのですか、道介殿」

道介は刀を鞘ごと抜き、下緒《さげお》で袖が邪魔にならぬよう襷がけをした。

「勝、その殿《どの》はやめてくれぬか。親父は城代だが、俺はただの小倅だ。呼び捨てにしてくれ。藩校生として同格だ。俺だけ、勝之進と呼び捨てにするのは不公平だ」

「いいのですか」

「その、ですかもやめだ。友達として同等の付き合いをしたい」

「分かりました。では、道介、手伝ってくれ。馬の世話が終われば、どこへでも出られる」

勝之進は、少し調子が悪いといった顔で、ぎごちなく道介を呼び捨てにした。

道介も馬の世話は嫌いではない。愛馬の世話はいつもしている。

馬にお湯をかけ、湯気が立っているうちに藁でごしごしと擦る。馬も嬉しくて喜ぶし、世話する人間も馬と会話ができる貴重な時間だ。

馬廻り組のおとなたちは、城代家老の息子の道介が、組頭の子である勝之進といっしょになって、厩の清掃をし、馬の世話をするのに驚いたが、すぐに受け入れた。

馬の世話と厩の掃除は小半刻《はんとき》で終わった。

道介と勝之進は、連れ立って、那珂川が見下ろせる城壁の上に腰を下ろした。

そこからだと、台町の侍屋敷街と、川向こうの町家の家並みが見下ろせる。

陽はだいぶ西に傾き、山並みに接近していた。そのまま、そこに居れば、山の端《は》に沈む雄大な夕陽を見ることになる。

陽が落ちると、それを待っていたかのように、那須連山から北風が吹き下ろす。

道介の話に、勝之進は何もいわずに、耳を傾けていた。

話が終わると、勝之進はしばらく黙って考えていた。

「結論からいうと、道介は駒之助と、いま一度果たし合いをしたい、というのだな」

「そうだ。決着をつけないと、気持ちが治まらない。おぬしは、どう思う？　いや、おぬしなら、どうする？」

「俺ならどうするか？　正々堂々と、駒之助と立ち合う。ただし、秘剣木枯らし抜きだ」

「俺もそう思う。秘剣は封印する。俺の剣ではない」

「そして、俺なら駒之助に、すべての事情を話し、許しを乞う」

「許しを乞うのか？」

「そうだ。お春のことも、近藤師範の姑息《こそく》な判定も、おぬしの親父の悪業も、すべて話して和解する」

「……お春のこともか」

「道介、おぬし、お春を娶《めと》って幸せにできる自信はあるか？　あの父上と母上だぞ」

「ううむ。自信はない」

「それに、お春の意志を無視して、立ち合いの勝負で、お春を得ようという魂胆が悪い。言語道断だ」

「……ううむ」

「道介、われら男子たるもの、来る者は拒まず、去る者は追わずだ。お春が駒之助についたら、潔《いさぎよ》くあきらめろ。それが男だ」

「………」

道介は目を瞑って唸った。

「あきらめきれぬ、どうしてなのか」

勝之進が道介の肩を優しく叩いた。

道介は目を閉じたままだった。

夕陽が山の端にかかり、あたりが茜色《あかねいろ》に染まった。

川のせせらぎが大きくなった。

道介は突然立ち上がり、夕陽に向かって、声を限りに「ウォー」と吠えた。悲嘆だった。

どこかの梵鐘が山々に響いていた。

十

文史郎は縁側に座り、庭で遊ぶ弥生たちに時折目をやりながら、納屋にあった漢籍を取り出して目を通していた。

庭に放された鶏たちが子供たちの周りで地面を忙しく足で掻き、餌を啄《ついば》んでいる。

弥生は近所の子供たちに混じり、手足も顔も真っ黒にして遊んでいた。

子供たちは地面に白石で描いた丸や四角を、童歌を唄いながらけんけんをしたり、足で押さえたりしている。

文史郎は煙草盆を引き寄せ、キセルに莨《たばこ》を詰めた。火皿を火種にかざし、煙草を吸って煙を吐き出した。

江戸ではなかったのんびりとした時間だった。これこそが隠居生活なのではないだろうか。

北に連なる那須連山は峰峰が白い雪を被っていた。北からの風は、いよいよ冷たく、防風林の杉の梢を揺るがしている。

太陽はまだ正中《せいちゅう》を過ぎたあたりで、紅葉が終わって葉を落とした木々を柔らかく照らしていた。

駒之助は、先刻突然訪れた武家の少年と、穏やかに庭先で話をしていたが、やがて話がついたのか、二人は連れ立って、裏手の芒の原に消えた。

入れ替わるように、見回りに出ていた左衛門が、庭先に戻った。

厳《いか》つい獅子鼻顔の刺客が現れるかもしれないというので、用心のため、爺と大門で定期的に交替で見回りを始めていた。

なにしろ、こちらは女子供老人がいる。獅子鼻の狙いは、文史郎だろうが、とばっちりで被害者が出ては困る。

左衛門は文史郎に囁いた。

「殿、芒の原に、城代家老の息子道介が来ています」

「道介は一人か?」

「はい。仲間はいません。一人です。それから、先にここへ来た少年武士が駒之助を呼び出したらしい」

文史郎は漢籍を縁側の端に片付けた。

「駒之助と、その少年は穏やかに話し合っていたか」

左衛門がうなずいた。

「まさかとは思いますが、念のため、爺が様子を見てきましょう」

「それがしも行こう」

文史郎は出かける支度をしながら、台所の如月を呼んだ。如月が手を拭きながら現れた。

「出かけてくる。大門が戻ったら、裏の芒っ原の道場にいるといえ」

「はい」

如月はにこやかに笑った。

芒の原といっても広い。田圃にして何町歩《ちょうぶ》もの広さもある。防風林の杉林を抜けて、小道を一丁も行かぬところに、平坦な広場があり、稲荷の小さな祠《ほこら》があった。

普段、稽古は、その祠の前の野道場でやることにしていた。

文史郎と左衛門は、子供たちの傍らを抜け、裏の小道へと歩を進めた。

十一

駒之助は勝之進と連れ立って、芒の原の小道を歩んだ。

冷たい風が吹きはじめた。

あたり一面、芒の穂が風に波打っている。芒の穂は揺れるたびに銀色に輝いていた。

勝之進については、馬廻り組組頭の嶋田勝丞の息子ということは知っていた。だが、駒之助は親しくはない。

藩校日新館で、勝之進が首席の成績を修めており、道場でも道介と並ぶ高弟だと耳にしている。

親の身分は上士だが、家格が違うので、上士たちの子息の青龍会には、勝之進は入っていない。それなのに、今日は道介の代理として駒之助の前に現れた。

いわく。折り入って、道介がおぬしに、いま一度、立ち合いを求めているが、いかに、という申し出だった。

勝之進は、よければ仲介者の自分が判じ役を務める。審判は公平にする。道介に依怙贔屓はしない。

いつ、どこで、という問いに、これからすぐ、裏手の芒の原で道介が待っているが、いかに。

勝之進が、あまりにも穏やかに、しかも誠実そうに話すので、駒之助は戸惑った。

勝之進は、急な話であることは重々承知しており、道介も自分も恐縮している、ともいった。

なぜ、そう急ぐのかと問うと、道介も勝之進も、数日後には元服を迎えることになっており、その前に決着をつけておきたいというのだった。

そうか。おとなになる前に、子供時代の決着をつけたいというのか。

駒之助も、来春、四月には元服することが決まっている。だから、道介の気持ちは分からないでもない。おとなになってからでは、立ち合いは果たし合いになりかねない。

駒之助はしばらく躊躇《ちゅうちょ》した。

奉納仕合から十日ほど過ぎたとはいえ、肋骨に入った罅は、まだ癒えていない。仕合直後ほどではないにしても、軀を少しでも動かせば、胸に痛みが走る。立ち合いをするには、無理だと思った。

だが、道介が勝之進を代理人として立てて、正式に申し込んで来た立ち合いを、怪我を理由に断るのは、敵に後ろを見せる卑怯な行為のようにも思えた。

道介のいう決着というのは、立ち合いでの勝敗のこともあろうが、おそらくお春のこともあるに違いない。ここで道介に後ろを見せるわけにはいかない。

駒之助は、勝之進に承知と答えた。

勝之進は、じっと駒之助を見つめ、無理はするな、といった。もし、断っても、突然過ぎる申し出だ、一向に恥じることはない。自分が道介にかけあって、話をなしにすることもできようといった。

駒之助は、勝之進の誠実さを信じた。

おぬしの判じ役なら、俺は信頼する。立ち合いを受けよう。

駒之助は勝之進に、そう答えた。

灌木の陰に繋がれた二頭の馬が、静かに草を食《は》んでいた。

祠の空き地に道介が待っていた。

道介は駒之助を見ると、一礼して迎えた。

すでに下緒で襷をかけ、木刀を携えていた。

勝之進が道介に歩み寄り、駒之助も承知した、と伝えた。

道介はいつになく真面目な態度で駒之助にいった。

「立ち合う前に、おぬしにお詫びすることがある。きいてくれるか？」

「何か？」

「ひとつ、それがしの、これまでの武士として恥ずかしい、数々の児戯なる振る舞い。心からお詫びいたす」

道介は深々と駒之助に頭を下げた。

駒之助は応えようもなく、黙ってきいていた。

「ふたつ、我が父の陰での工作と、多額な報奨金と藩指南役就任を餌に行なわれた近藤師範の不当なる判定。これは、言い訳がましいが、それがしはまったく知らなかったことだ。しかし、すべては、それがしに責任がある。このことも、ここでお詫びしたい。まことに申し訳なかった」

道介は再び、頭を下げた。

「そして、三つ目、お春のことだ。それがし、横恋慕《よこれんぼ》をしていた。これもお詫びしたい」

「待て、道介殿。それは俺に詫びることではない。お春が、おぬしを選ぶか、俺を選ぶかだ。詫びるなら、お春に詫びろ」

道介がにやりと笑った。

「勝之進も、それがしに、同じことを申しておった」

勝之進が道介にいった。

「道介、それでいいか。気は晴れたか?」

「うむ。これですっきりした。負い目はなくなった。では、いざ」

道介は携えた木刀を中段に構えた。

駒之助は杖を突いた。

「今日は、木刀でなく、これを使う。いいか?」

「異存はない」

「では、勝負は一本。始め」

勝之進は両者に合図をした。

駒之助は、杖を上段に構えた。

大門から教えてもらった基本の形《かた》だ。

道介は青眼に構えていたが、ゆっくりと右に引き上げ、右八相に構えを変える。

駒之助は上段に構えたまま、道介が打ってくるのを待った。出すか、秘剣木枯らし。

道介は、いきなり駒之助に突進し、木刀を打ち下ろす。駒之助は杖を振るって、道介の木刀を打ち払った。

ずきりと胸に痛みが走った。駒之助は構わず、杖を回転させ、道介を横殴りに薙ぎ払う。

道介は襲いかかる杖を木刀で撥ね上げた。

駒之助は杖を薙ぎながら、自らも軀をくるりと回転させて、道介の攻撃を避けた。

正対して、今度は杖を右手で回転させ、そのまま左手に移し、また右手に戻す。くるくると杖を目の前で回転されると、なかなか相手は打ち込み難い。相手の打ち気を削ぐ。

道介も、どうやって駒之助の手許に飛び込んだらいいのか、逡巡している。

道介は下段に木刀を下ろした。木刀を返し、刃を上に向けた。

「きええええい」

道介は絶叫し、すり足で駒之助に突進して来る。木刀の刃先がそのまま滑るように駒之助に走る。下から切り上げて来る。軀が無意識に反応して、飛び上がった。

杖を道介に打ち下ろす。下から上がると思った木刀が一閃して、駒之助に突きかかった。

駒之助は飛び降りながら、自然に体《たい》を躱し、横殴りに杖を道介に送り込んだ。

道介は木刀を立てて杖を受けた。駒之助は木刀を打った反動を使って軀を回転させ、今度は反対方角から杖を道介に打ち込んだ。

再度、杖と木刀の激しくぶつかり合う音が立った。

駒之助は動きを止め、また道介と正対した。

上段に杖を振りかざす。

道介は青眼に構えている。

連続技をくりだしたため、やや息切れした。

稽古不足だ。胸もきりきりと痛む。激しい動作が輝に堪《こた》えたか。駒之助は胸に手をあてて、また杖を持ち替えた。

つつっと道介が間合いを詰めようとした。

駒之助は上段に杖を振りかざしたまま、杖を手の中で滑らせ、道介に突き入れた。

道介は思わぬ攻撃に木刀で杖を弾いて飛び退いた。

このまま、持久《じきゅう》されては、軀が保たぬ。

駒之助は動きを止めた。目を閉じ、半眼にした。無心の境地に入り、心眼を開く。

さあ、道介、秘剣木枯らしをくりだせ。見事打ち返してやる。

道介も動きを止めた。

ゆったりと時間が流れる。

呼吸を整え、杖を下ろし、中段青眼に構えた。全身から力を抜いた。杖の先が自然に地に着いた。

脱力し、心が空になる。全身隙だらけにした。どこからでも打ちかかって来い。

そのまま、二呼吸。

道介の軀が動く気配が起こる。

来た！　駒之助の軀が無意識のまま動いた。

杖が息を吹き返し、襲いかかる道介の木刀を撥ね飛ばした。道介の軀が回転し、木刀が駒之助に斜め上段から振り下ろされた。

一瞬早く、駒之助の杖が回転し、道介の胸に。杖は勢いが止まらず、道介の胸を激しく打った。

うっ。道介が呻いた。

しまった。駒之助は杖を引いた。

振り下ろされた道介の木刀は、駒之助の胴を掠めて落ちた。

道介はがっくりと膝を落とした。

駒之助は反射的に残心に入った。

「一本駒之助。勝負あった。駒之助の勝ち」

勝之進が手を駒之助に挙げて宣した。

駒之助は跪《ひざまず》いた道介に駆け寄った。

「道介殿、済まぬ。寸止めができなかった」

「うるさい。のけ」

道介は駒之助の手を払った。

「……おのれ、これしき。痛てて」

道介は木刀を突き、立とうとしたが、再び膝を着いた。

「道介、どうした。大丈夫か」

勝之進が道介に屈み込んだ。

「駒之助のやつ、本気で打ちやがった」

道介は顔をしかめながら、文句をいった。

「済まぬ」

駒之助は自分の胸を押さえながらいった。

いまの打ち合いで、肋骨の罅が激しく疼《うず》いている。

「これでおあいこだな。痛み分けだ」

道介は木刀を投げ出し、どっかりと草地に座り込んだ。

「おぬしも、胸の肋骨の罅が痛んだのだろうが？　立ち合いながら、分かったぞ」

「それで手を抜いたか？」

「馬鹿な。これは好機と思った。勝てるとな」

「手負いの獅子は強いのを知らぬな」

「………」

道介は笑おうとしたが、胸の痛みで顔をしかめた。

勝之進が傍らに腰を下ろした。

「駒之助、確かにおぬしの動き、仕合のときよりも精彩を欠いていた。胸が痛んだか」

「大したことはない。道介、なぜ、秘剣木枯らしを出さなかった？　俺はそれを破るつもりだった」

「奉納仕合で一度破られている。それに、あれは、俺が編み出した秘剣ではない。つけ焼刃の秘剣では、おぬしを破れない」

「そうだったか」

「ま、いいから、ここにいっしょに座れ」

道介は隣の草地を叩いた。駒之助は誘われるままに、道介の隣に座った。

道介の向こう側で、勝之進が寝そべる気配がした。

道介も胸を押さえながら、仰向けに寝そべった。

「駒之助、楽しかったな。おぬしとの立ち合い」

駒之助も道介の隣に仰向けになった。

「少々痛い思いをしたが」

道介がぼそっといった。

「それがしもだ。これは決して忘れんぞ」

「ああ」駒之助は溜め息をついた。

「間もなく俺たち、元服だな」

勝之進が呟くようにいった。

天高く鳶が鳴きながら輪を描いていた。

三人は無言のまま、じっと空の碧さに見入っていた。

空は箒で掃いたような白い雲で被われていた。陽はだいぶ西に傾いていたが、あいかわらず眩しかった。

風が稲荷の祠や枯れ木の枝を震わせて吹き抜けた。虎落笛《もがりぶえ》が鳴った。

十二

「大丈夫なようですな」

左衛門が叢の陰から、駒之助たち三人が仲良く寝そべっている様子を見ながらいった。

「うむ。彼らには彼らの世界がある。わしらおとなが余計な口出しは無用ということだな」

文史郎は昔の自分に思いを馳せながらうなずいた。

「……爺、こちらは、大丈夫ではなさそうだな」

文史郎は後ろから来る男たちを振り向きながらいった。

厳つい獅子鼻の男を先頭に三人の浪人者が小道をやって来る。

このままでは、駒之助や道介たちを巻き込みかねない。

「爺、それがしがやつらをひきつける。駒之助たちを頼んだぞ」

「承知」

文史郎は腰の大刀を押さえ、三人に分かるように、やや駆け戻り、急いで脇の獣《けもの》道《みち》に走り込んだ。

振り向くと、獅子鼻男を先頭に、三人の浪人たちが追いかけてくるのが見えた。

文史郎は彼らが見失わないように、ゆっくりと芒の原を掻き分け、掻き分けしながら、芒の原の奥へと、彼らを誘《おび》き寄せた。

八代屋民兵衛の手紙を思い浮かべた。

城代家老の大道寺道成は、江戸にいる筆頭家老の神崎繁衛門に頼み、江戸から三人の刺客を派遣させた。

開田泰然を頭とする三人だ。

開田泰然は直心影流免許皆伝の触れ込みだ。

残る二人は、菅原《すがわら》と菊井《きくい》。

開田とは道場での兄弟弟子で、いずれも直心影流大目録を授かっているとのことだった。

三人は坂東《ばんどう》のさる藩を、尊皇攘夷を名目に脱藩した浪人だが、京都では誰からも相手にされず、江戸に戻ってきた輩だった。

時流に乗って、尊皇攘夷を掲げていれば、どこかの大藩が三顧《さんこ》の礼《れい》を以て迎えてくれて、金になるという魂胆《こんたん》だったらしい。

山へ向かう小道に出た。稲荷の祠の空き地を抜けた先の小道だった。

一面の芒の穂が風に大きく揺れている。風が通るたびに波紋が押し寄せては返す。

文史郎は走るのをやめ、ゆっくりと小道を那須山に向かって歩き出した。

数歩も行かぬうちに、後ろの小道にばらばらっと三人の浪人者が飛び出した。

文史郎は足を止め、振り返った。

三人は扇状に開いて、文史郎を囲んだ。

一斉に刀を抜いた。

「逃げ足の速いやつめ」

獅子鼻男の開田は肩で息をしながらいった。

他の二人もまだぜいぜいと息をしている。

「なぜ、それがしをつけ狙う」

文史郎は開田たちが息を整えるのを待った。

「故あって、貴殿のお命頂戴仕《つかまつ》る」

開田泰然は紋切型にいった。

「訳は、金か？」

「黙れ」

「金のために、人の命を奪って、いいと思うのか？　呆れ果てた似而非《えせ》サムライだな」

「黙れ黙れ」

開田泰然はいった。左右の二人も刀を八相に構えたまま、文史郎を睨みつけた。

一人は小柄だが、がっしりとした体軀の壮年の男。もう一人は中肉中背のまだ若いサムライだった。

風がさらに強まった。那須連山から吹き下ろす木枯らしだ。

遠く雷鳴もきこえた。

文史郎の乱れた髪が風になびいた。

「どうしても、それがしの命を取りたいというのか？」

「問答無用。刀を抜け」

開田は怒鳴った。

両脇の菅原と菊井が殺気を強めた。

「止むを得ぬな。どうしても、それがしに刀を抜かせようというのだな」

文史郎は刀の柄に手をかけ、ふと背後に人の気配を感じて、後ろを窺った。

強い風が吹き寄せ、文史郎の髪を乱した。

風とともに、猛烈な殺気が押し寄せる。

敵か味方か？

思わぬ人影の登場に、文史郎も緊張した。

鯉口を切った。

開田たちも文史郎に斬りかかるのをやめ、文史郎の後ろから来る人影を睨んでいた。

開田たちの仲間ではない？

文史郎は柄に手をかけ、躯を横にして背後からの不意打ちにも備えた。

吹き寄せる風に逆らい、目の端で、人影を捉えた。

頭髪は月代にせず、無造作に髪をまとめて、頭頂で束ねて結った髷。黒い筒袖羽織に黒の裁着袴。足に脚絆を巻き、獣の革で作った深沓を履いている。

腰に一振りの刀を佩《は》いている。片手に人の丈よりも高い杖を持っていた。

那須連山の方角で遠雷が轟いた。

木枯らしが男の背後から吹き寄せ、文史郎の躯を揺する。

顔はよく見えない。頬から顎にかけ、不精髯《ぶしょうひげ》を生やしている。

しかし、年格好は決して若そうではなかった。自分とあまり年は変わらぬのではないか、と文史郎は思った。

もしや、このサムライが風の剣士?

文史郎は駒之助が見た風の剣士を思った。

「そこをどきなさい」

男の低い声がきこえたような気がした。

鋭い鷹のような目が文史郎を睨み、どけといっている。

文史郎は思わず気圧《けお》されて、じりじりと後退し、道を空けた。

サムライは、文史郎には目もくれず、開田泰然の前に進んだ。

「手を引け」という声がきこえた。

「なにい? 邪魔するか」

開田が男に怒鳴った。左右の菅原と菊井も振りかざした刀を、男に向けて脅した。

「邪魔すると、叩っ斬るぞ」

「おとなしく引っ込んでいろ」

サムライは手にした長い杖を両手に持ち、横にして構えた。

一陣の木枯らしが吹き、枯葉を舞い上げた。

まるで、その男の怒りを示すように。

開田たちは、サムライを睨みながらやや後退した。

サムライの低いがはっきりとした声がきこえた。

「おぬしら、おとなしく江戸へ帰れ。あたら、命を無駄にするな」

「うるせい。余計なお世話だ。やっちまえ」

開田が怒鳴り、いきなり、サムライに刀を振り下ろした。

ほとんど同時に左右からも菅原と菊井が、刀で斬りかかった。

文史郎は気を取り直した。

「危ない！」

文史郎は抜刀し、サムライに加勢しようとした。

強い木枯らしが吹き寄せ、開田たちの目を眩ませた。

サムライは杖を突いて、宙に飛び上がった。

開田たちは呆気に取られて上を見た。

サムライは風に乗ったかのように舞い、長い杖が一閃した。開田たちは、一瞬のうちに打ちのめされ、芒の原に転がった。

サムライは、文史郎に向いた。杖の先を文史郎に向けた。

文史郎は刀を持ったまま呆然としていた。

サムライと闘う意志は、毛頭《もうとう》ない。

むしろ助けられた礼をいおうと思った。だが、軀が金縛りにあったように硬直し、どうしても動かなかった。

サムライは低い声でいった。

「文史郎、おぬしたちも江戸へ帰るがいい。ここは、おぬしたちの住む場にあらず。おぬしたちも、ここでは禍《わざわい》を呼ぶだけだ」

「……は、はい」

文史郎は辛うじてうなずいた。

「おぬしが、やるべきことは江戸にある。それを忘れるな」

サムライは、それだけいうと、踵《きびす》を返して、小道を歩き出した。

また一陣の木枯らしが吹き寄せた。

風は渦を巻き、小さな竜巻を作り、枯葉や土埃を巻き上げた。

文史郎は目が痛くなり、思わず顔を袖で覆った。

「殿ぉお！　どちらにおられますか」

大門の声が右手の芒の叢からきこえた。

「殿、ご無事か」

左衛門の声が小道の先からきこえた。稲荷の祠の空き地からだ。

文史郎は懐紙を取り出し、涙を拭いた。

小道には、サムライの姿はなかった。代わりに、必死に駆けて来る左衛門の姿があった。

その後ろに、駒之助たち三人が呆然と立っていた。

突然、右手の叢から大門が飛び出して来た。

「殿、こちらにおられたか」

大門は安堵の顔になった。

「殿ぉお、よくぞご無事で」

左衛門は文史郎の前に駆け付け、へなへなと座り込んだ。

小道の左右の草原に、三人の浪人者たちが転がっていた。

大門が倒れている壮年の男に屈み込み、喉元の脈を探った。

「こやつ、生きてますぞ」

左衛門も叢に頭から突っ込んで倒れている中肉中背の男を調べた。

「こちらも、気を失っただけでござる」

文史郎は、足許に目をひん剝《む》き、白目を出して倒れている開田泰然を起こした。

背中に膝をあて、喝《かつ》を入れた。

開田は気が付くと、目を白黒させていた。

「拙者、こんなところで、何を……」

開田はきょとんとした目で文史郎を見つめた。

「何も覚えておらぬのか？」

「はい。拙者……は誰？」

文史郎は思わぬことに、大笑いした。

大門や左衛門が喝を入れて、息を吹き返させた二人も、居る場所も自分が誰かも忘れて、おろおろしていた。

十三

駒之助も道介も勝之進も、小道の少し先で起こった光景に呆然として立ち尽くしていた。

左衛門は少し前、「殿ぉお」と叫びながら、小道を駆けて行った。

途中、左衛門は、長い杖を手にしたサムライとすれ違っても気付かないようであった。

長い杖を手にしたサムライは、軽軽《かるがる》とした足取りで、駒之助たちのいる空き地にやって来る。まるで、何ごともなかったように。

風の剣士。

駒之助も道介も勝之進も、声も出さず、サムライが歩いて来るのを見守っていた。

サムライが駒之助たちの脇を抜けるとき、また一陣の風が吹き寄せ、枯葉や塵、土埃を巻き上げた。サムライの影が一瞬、旋毛風《つむじかぜ》の中に隠れた。

駒之助たちが目や口を覆っている間に、サムライは颯爽と通り過ぎて行く。

「ありがとうございました」

駒之助は思わず、サムライに頭を下げた。道介も勝之進もいっしょに頭を下げた。

「…………」

サムライは何もいわなかったが、ちらりと駒之助たちを振り向いた。サムライの目が優しかった。

サムライは、二度と振り返らずに、那珂川の方角に下って行った。

駒之助たちは、呆然とサムライの後ろ姿を見送った。

木枯らしが枯葉や土埃を巻き上げ、サムライの姿を消した。

「いけない、義兄上は、どうなされたか」

駒之助は気を取り直し、左衛門が駆けて行ったあとを追った。胸の骨が軋み、ずきずきと痛んだが我慢して走った。

後ろから道介が、やはり胸を押さえながらついて来る。その道介を支えて勝之進が歩いた。

三人の浪人者は頭を殴られたせいなのか、それぞれ、訳の分からないことを口走っていた。

いずれの浪人者も、頭に大きな瘤《こぶ》ができていた。

「殿、どうやって、こやつら三人を懲らしめたのでござるか？」

左衛門が義兄の文史郎に尋ねていた。

「これは、それがしがやったのではない。おぬしも見たろうが、おそらくあれが風の剣士《サムライ》だ。彼が一瞬のうちに、三人を打ちのめしたのだ」

「そんなご謙遜を」

左衛門は大門と顔を見合わせて笑った。

「殿のほかに誰がいたというのですか？」

左衛門は笑った。文史郎は小道を指差した。

「爺、おぬし、すれ違ったろうが。ここへ駆けて来るときに、あのサムライと」

文史郎が左衛門にいった。

「……なんのことです。誰ともすれ違いませんよ。殿は何を寝呆けたことをおっしゃっているのです」

「失礼な。爺は耄碌《もうろく》したのではないか」

「爺を耄碌したなどと」

「大門、おぬしは、小道を去っていくサムライを見たろう？」

大門は考え込んだ。

「いわれてみれば、旋風に隠れて人影が見えたような気もしますな」

「それが、そう風のサムライだ」

文史郎は駒之助に顔を向けた。

「駒之助、おぬしには見えただろう？」

「はい。しかと見ることができました」

駒之助はうなずいた。

「そうか。それはよかった」

ようやく道介と勝之進がやって来た。

「おぬしらも、あのサムライを見ただろう？」

「はい。見ました」

「それがしも、確かに」

道介と勝之進はきっぱりといった。

「みんな、何を申しておる。みんなで年寄のわしを馬鹿にしおって」

左衛門は腹立ちのあまり、開田の頭をぱしんと叩いた。

「おぬしらも、見たというのだろうが」

「ご老体、いったい、なんのことでござろうか？　さっぱり訳が分からない……」

開田は獅子鼻を赤くして頭を掻いた。

菅原も菊井も、いまだ、ここがどこで、自分が何者なのか分からずきょとんとしていた。

駒之助は、風の剣士が見えるのは、子供時代だけで、おとなになると、忘れて見えなくなる、ときいたことがあった。

駒之助は文史郎を見た。

そうか。なぜか、おとなの義兄上には、まだ風の剣士が見えるのか、と思った。

「おまえたちには見えるのだな。それでよい。それでよい」

文史郎は満足気にうなずいていた。

那須連山に雷鳴が轟いた。

雪起こしだ、と駒之助は思った。

雪起こしがきこえると、いよいよ雪が降り、寒くて長い冬がやって来る。

十四

数日後、道介と勝之進が無事元服式を終えたという報せが、文史郎のところに届いた。

文史郎は、それをきいてから、事を起こした。

文史郎は馬に乗り、大門と左衛門を従え、開田泰然、菅原、菊井の三人を連行して、堂々と城に乗り込んだ。

藩主が江戸にいる間は、城代家老の大道寺道成が、在所の最高責任者である。

城内は、突然の文史郎の登城に、一時てんやわんやの大騒動となった。

いまは隠居の身とはいえ、文史郎は前藩主若月丹波守清胤である。出迎えに粗相があってはいけない。

城代家老の大道寺道成は、文史郎が引き連れた開田泰然たち生き証人を見て、顔面蒼白になった。

開田たちがすべてを正直に証言すれば、城代家老大道寺道成や筆頭家老神崎繁衛門の前藩主暗殺計画が明らかになる。

しかし、文史郎たちにも弱点があった。

肝心の開田泰然たち三人が、頭を殴られた衝撃で、過去のことを一切忘れてしまっていたのだ。そればかりか、彼らは自分の名前さえも忘れており、開田泰然とか菅原、菊井と呼ばれても、自分が呼ばれているとさえ分からなかった。

三人は性格もすっかり変わり、温和な男たちになってしまった。いまでは、三人とも侍であったことも忘れている。

そのため、証言させようにも、過去に何があったかを思い出すこともできないというので、証言のさせようもない。

そこで、文史郎は左衛門、大門と一計を案じた。

藩内の事情に詳しい八代屋民兵衛に協力してもらい、三人の供述証言をでっち上げたのだ。でっち上げとはいえ、かなり真相に近く、核心を突いた証言だった。

文史郎は、そのでっち上げ証言の写しと三人の証人を連れて、城に乗り込み、城代家老大道寺道成を呼び付けたのだ。

前藩主の暗殺計画、現藩主清泰に対する陰謀は、死罪など極刑に値する犯罪である。城代たちに悪足掻《あが》きさせないために、文史郎は、万が一、自分たちが城内で闇討ちにあったり、身柄を拘束され、城から出られなくなったら、直ちに三人の供述証言を、兄の幕府大目付松平義睦《まつだいらよしのぶ》に手渡すことになっている、と大道寺道成に通告した。

城代家老大道寺道成は、文史郎の前に平伏し、許しを乞うた。

息子の道介は、父道成について、文史郎に寛大なる処分を懇請した。

文史郎は、己は藩主ではないので処分する権限はない、と答えた。だが、このような不祥事を幕府が知れば、軽くても改易転封《かいえきてんぷう》は免れず、下手《へた》をすれば、若月家の御家断絶、藩の解散、他藩への吸収になりかねない。

そこで、文史郎は、道成に対して、本来なら切腹であるところ、息子道介に免じ、道成は一身上の都合により城代家老の座を降りて引退し、人里離れた山奥に隠居する。道介については無罪とし、江戸に行き講武所へ入って武芸、学問を学ぶように命じた。

陰謀に加担した執事田島と、日新館指南役近藤師範は三十日の閉門蟄居の末、共に領内からの追放処分となった。

これらの事件の記録については、一切極秘のものとして、城内の蔵に永遠に保管されるものとする。

文史郎は筆頭家老神崎繁衛門の罪を容認することもできず、道成から江戸の筆頭家老に対して早飛脚で手紙を送らせ、神崎を引責辞職するように勧めさせた。そうしないと、神崎繁衛門が命じた三人の身柄を幕府大目付に差し出す、と脅迫した。

効果はてきめんだった。

早飛脚で、筆頭家老が病を理由に、筆頭家老職を辞したという報が、文史郎に届いた。

あいつぐ要路の辞職引退という事態に、藩内は大騒ぎになったが、新たな筆頭家老に、これまで神崎繁衛門に疎《うと》まれていた江戸家老が就き、城代家老には大道寺道成に批判的だった中老が抜擢されて就任した。

一件落着した。

文史郎はやれやれと思った。

すべてが終わり、文史郎たちは大鷹道場で、大鷹老師や八代屋民兵衛と膝を交え、酒を飲みながら懇談した。

「ご苦労であったな。田舎で奥方や娘と、一家揃ってのんびり過ごそうとなさったのだろうが、まったく目論見が外れたのではないか」

大鷹老師は微笑んだ。

「いやまったく、その通りでござった」

文史郎は溜め息をついた。

大鷹老師が訊いた。

「それで、文史郎殿は、これから、どうなさるおつもりだのう？」

左衛門が黙って、文史郎のぐい呑みに徳利の酒を注いだ。

「……迷うております」

「ほう、どう、お迷いかな？」

「江戸を発つときには、相談人を辞め、如月や弥生と暮らそうと決意しておりました。父なし子になっている弥生に詫び、父親としての務めを果たそうと」

「そうじゃのう。それがよかろうのう」

「如月に頼まれたのですが、義弟の駒之助にはサムライではなく、郷士の父親の後継ぎとして生きて行くように説得しようともしました」

「うむ。それがいいのう」

「だが、実際に在所に戻り、如月や弥生と暖かい家庭を持って暮らそうとしたが、藩の要路たちは、それを許してくれませんでした。それがしたちに疑心暗鬼を持ち、それがしが在所に戻ったのは、何か藩の転覆を計るためではないか、と勘繰られました」

「ううむ」

「そのため、この騒動になってしまった。それがしの人徳のなさといっていいでしょう」

「この世は、悪意のかたまりだからな。何ごとにも裏があると疑ってかかる」

八代屋民兵衛が口を挟んだ。

「文史郎様、それで、どうなさるおつもりでしょう？」

「…………」

文史郎はぐい飲みをあおった。

大門が徳利の酒をぐい飲みに注《つ》ぎながら、鼻歌を唸った。

「……行こか戻ろか、戻ろか行こか、と。渡るに渡れぬ思案橋……と」

「大門殿、殿を茶化してはいかんですぞ。殿は真剣に悩んでいるのですからな」

左衛門が大門を叱った。

「……ああ、失礼仕った。殿、お許しあれ」

大門はやや酩酊した口調で謝った。大門は今日は明るいうちから、ぐびぐびと酒を飲んでいた。

「ですが、殿、失礼承知で、申し上げます」

「なんだ、大門」

「もし、殿がこのまま、こちらにお住まいになったとして、何をなさるおつもりでござるか？　いつまでも、作兵衛殿のお家に居候なさるおつもりか？」

左衛門が文史郎の気持ちを代弁した。

「大門、こちらに暮らすとしたら、殿もいろいろ働くおつもりだ」

「殿が畚《もっこ》を担ぐのですか？　肥桶を担いで歩き、鍬を振るい、苗を育て、米をお作りになるというのですかな？」

「うーむ」

文史郎は腕組をした。

「若いころから、郷士だったら、できるでしょう。いまの殿にはできないと思いますな」

「そういう大門は？」

「それがし、もともとは農家の出、元郷士だった身です。だから、申し上げるのです。郷士は郷士、生まれてからこのかた、生粋の武家は武家のことしかできません」

「大門、今日は、やけにはっきりいうな」

文史郎はうなずきながらいった。

「あえて、いわせてもらいますぞ。殿は、駒之助に訊かれていったそうですな。サムライの本分は、正義を守ることだと」

「うむ。ほかにできそうなことはない」

「サムライを廃める覚悟がおありなら、できないこともありません。だが、殿のような剣や木刀を振るうことしかできない御仁には、農民百姓は無理です。商売もできますまい。まして職人も無理だ。できて、せいぜいが、大道芸を披露して、蟇の油を売る程度のことだ。御免なさい。ほんとうのことをいって気を悪くしないでくだされ」

「大門、おぬしのいう通りだと思う」

文史郎は苦笑いした。

八代屋民兵衛が溜め息混じりにいった。

「文史郎様、わたくしも、大門様と言葉は違いますが、同じように考えております」

「八代屋殿、それはいかなことかな？」

左衛門が尋ねた。

「文史郎様が、お静かにこちらでお暮らしなさりたいと思っても、世間が許さないと思います。藩の執政たちは、ご隠居の文史郎様を何かにつけ利用しよう、悪用しようと画策することでしょう。そうでなくても、前藩主様が内緒で在所にお戻りになっただけで、脛に傷を持つ者たちは疑心暗鬼に捉われる。これからも、きっとずっと、文史郎様の周辺は落ち着かない生活を送ることになりましょう」

「ううむ」

文史郎も内心、そう思っていた。それだけに、考えさせられる。

「私は、やはり、文史郎様は江戸にお戻りになるのが、一番正しいと思います。そうでないと、せっかく静かに暮らしている如月様や弥生様がお可哀想です。いつ何時、文史郎様が今回のように狙われたり、あるいは、文史郎様の代わりに如月様や弥生様が狙われかねない。そんなことがあっては、文史郎様とて心落ち着かないかと」

「ううむ」

「誰の言葉かは忘れましたが、ふるさとは遠くにあるからいいもので、ふるさとに帰ると粗《あら》ばかりが見えてしまうものだと」

文史郎は、風の剣士が別れ際にいった言葉を思い出していた。

『文史郎、……ここは、おぬしたちの住む場にあらず。おぬしたちは、ここでは禍を呼ぶだけだ』

『おぬしが、やるべきことは江戸にある。それを忘れるな』

風の剣士の言葉はずっしりと重い。

文史郎は溜め息を吐いた。

それにしても、と文史郎は思った。

風の剣士は、なぜ、一度も会ったことがないのに、それがしの名や仕事を知っていたのか？

もしかして武の神様か？

そうだ。武神に違いない。

文史郎は、そんな気がした。

その夜、文史郎は褥《しとね》の中で、如月に優しく己の心情を正直に話し、江戸へ帰ると告げた。

如月は文史郎の腕の中でさめざめと泣いた。

隣には、弥生がすやすやと眠っている。

「如月、それがしといっしょに江戸へ来ぬか」

と訊いた。

如月は「ここが私のふるさとです。ここを離れては暮らせません」と小さな声でいった。

文史郎は如月を一晩中抱きながら、泣きじゃくる赤子をあやすように背を撫でた。

夜半、冬の到来を告げる雪起こしがきこえた。

翌朝、那須連山は真っ白に雪を被っていた。

芒の原や田畑に、雪が舞っていた。

朝餉のあと、文史郎は義父作兵衛と義母都与、祖母マツ、祖父次兵衛そして駒之助に、正直に訳を話し、江戸へ帰る旨を告げた。

次兵衛と作兵衛は理解してくれ、大きくうなずいたまま何もいわなかった。

祖母マツは仏壇に座り、お経を唱えていた。

義母都与と如月は、手をとりあって涙を流した。

駒之助は、むっつりと押し黙り、木刀を手に外へ出て行った。

やがて庭から裂帛の気合いがきこえた。

江戸へ出立する日は、雪はやみ、からりと晴れ上がった。風は冷たいが、旅立つにはいい日だった。

別れ際、駒之助が馬上の文史郎に駆け寄った。

「義兄上、決めました。それがし、父の郷士の道を継ぎ、この地に生きて行きます。でも、決して、サムライの心は忘れません」

「うむ。よくぞ決心した。偉い。おぬしのこと誇りに思うぞ」

如月が弥生を連れて、見送りに来た。

「おとうさま、おとうさま」

如月の腕の中で、弥生が泣いたが、文史郎はじっと堪《こら》えた。

左衛門と大門も黙って街道へと歩みを進めた。

あたりには真っ白な雪原が広がっていた。昨夜来に降った雪だ。

振り向くと、那珂川の橋の袂で、いつまでも手を振る如月と弥生、作兵衛と都与、駒之助とお春の姿があった。

那須連山も真っ白に輝いている。

どこかで遠雷が轟いていた。

時代小説
二見時代小説文庫

風《かぜ》の剣士《けんし》 剣客相談人《けんかくそうだんにん》16

著者 森《もり》詠《えい》

発行所 株式会社 二見書房
東京都千代田区三崎町二‐一八‐一一
電話 〇三‐三五一五‐二三一一［営業］
〇三‐三五一五‐二三一三［編集］
振替 〇〇一七〇‐四‐二六三九

印刷 株式会社 堀内印刷所
製本 ナショナル製本協同組合

落丁・乱丁本はお取り替えいたします。
定価は、カバーに表示してあります。

 ISBN978−4−576−16029−0
http://www.futami.co.jp/

二見時代小説文庫

森 詠
忘れ草秘剣帖1〜4
剣客相談人1〜16
無茶の勘兵衛日月録1〜17

浅黄 斑
八丁堀・地蔵橋留書1〜2
かぶき平八郎荒事始1〜2

麻倉 一矢
上様は用心棒1〜2
剣客大名 柳生俊平1〜2

井川 香四郎
とっくり官兵衛酔夢剣1〜3
蔦屋でござる1

大久保 智弘
御庭番宰領1〜7
陰聞き屋 十兵衛1〜5

沖田 正午
殿さま商売人1〜4
北町影同心1

風野 真知雄
大江戸定年組1〜7

喜安 幸夫
はぐれ同心 闇裁き1〜12
見倒屋鬼助 事件控1〜6

倉阪 鬼一郎
小料理のどか屋 人情帖1〜16

小杉 健治
栄次郎江戸暦1〜15

佐々木 裕一
公家武者 松平信平1〜12

高城 実枝子
浮世小路 父娘捕物帖1〜2

早見 俊
目安番こって牛征史郎1〜5
居眠り同心 影御用1〜19
天下御免の信十郎1〜9

幡 大介
大江戸三男事件帖1〜5

花家 圭太郎
口入れ屋 人道楽帖1〜3

聖 龍人
夜逃げ若殿 捕物噺1〜16

氷月 葵
公事宿 裏始末1〜5
婿殿は山同心1〜3

藤 水名子
女剣士 美涼1〜2
与力・仏の重蔵1〜5
旗本三兄弟 事件帖1〜2

牧 秀彦
毘沙侍 降魔剣1〜4
八丁堀 裏十手1〜8
孤高の剣聖 林崎重信1〜2

森 真沙子
日本橋物語1〜10
箱館奉行所始末1〜4